바보 한민족

1. 문화의 시원

사람들과 생명체들의 좋은 삶을 위하여

바보 한민족

1. 문화의 시원

박해조 지음

둥지 모시는사람들

서기 1988년 7월 12일에 오대산에 왔으니 20여 년이 되었습니다.

지금 기록하고 있는 이야기는 오대산에 와서 1년 만에 알았으니 이 이야기를 안 지도 20여 년이 되었습니다. 이 이야기는 나도 모르는 사이에 저절로 알게 되었습니다. 그러나 저절로 알게 되는 과정은 되돌아보면, 쉽지만은 않았습니다.

오대산에 오는 날부터 10년 동안 미숫가루만 먹었습니다. 3년 동안 매일 40Km씩 걸었으며, 영하 30도의 겨울에도 불을 때지 않고 냉방에서 살았습니다. 그리고 아침과 저녁에 1시간씩 조용히 앉아 숨을 조율했습니다. 조용히 앉아 숨을 조율할 때면 오대산에 올 때 가지고 온 혼魂에 대한 궁금증들이 가지를 치기 시작했고, 40km를 걷는 동안 궁금증의 해답들이 하나씩 오기 시작했습니다. 오대산에 와서 1년은 이 이야기를 알게 된 시간들이었으며, 3년간은 이 이야기를 분석하고 통합하는 시간이었으며, 10년 동안은 이이야기들을 삭히는 시간이었습니다. 나머지의 시간은 이 이야기를 잊어가는 시간이었습니다. 지금은 일부러 생각하지 않으면 머리가 텅 비어 있어서 이 이야기가 생각나지 않습니다. 완전히 숙성되어 형체가 사라졌습니다. 그러나 이야기를 시작하면 어디에 숨어 있다가 나오는지 며칠을 계속 이야기할 수도 있습니다.

이 이야기를 남들은 학문이냐 아니냐 따집니다. 나는 관심이 없습니다. 나는 본래 초등학교 졸업자이니 학문과 거리가 멀고, 학문 탐구의 방법도 모릅니다. 그리고 많은 사람들이 이 이야기의 증거가 될 만한 것을 내 놓으라고 합니다. 석가탑이나 고문헌의 기록 같은 또렷한 물증은 없습니다. 그러나 섬세한 느낌으로 열흘만 생각해 보면 증거는 도처에 쌓여 있습니다. 사람들은 스스로 생각하기를 참으로 싫어합니다. 20년간 생각한 이야기를 2분 생각해 보고 틀렸다고 말합니다. 자기 분야 외의 것은 모릅니다.

나는 현대적인 학문도 모르고 학문 탐구 방법도 모릅니다. 내가 이 이야기를 알게 된 것은 아주 우연히 옛 학문 탐구 방법에 따라서라고 봅니다. 부분이 아니라 통째로—지엽에서 시작해 핵심으로 가는 것이 아니라 핵심을 관통해 지엽으로 확산해 가는 전체 조망 방법, 그것이 학문 탐구의 옛 방법이라 봅니다. 나는 그 방법으로 이 이야기를 알았습니다. 내 연구실은 오대산이었으며, 오대산의 산책길이었습니다. 그리고 오대산의 나무와 바람과 꽃풀들과 냇물들이 연구 자료며 증거들이었습니다.

이 이야기를 처음 알았을 때의 찬란함을 그때와 똑같이 느낍니다. 참으로 좋아서 10여 일은 아무 것도 할 수 없어서 방문을 열어 놓고 산과 하늘만 바라보며 앉아 있었습니다. 그러나 그 찬란함도 사람들을 만나 내 이야기를 들려주면서 외로움으로 바뀌었습니다. 20여 년간 이야기했으니 충분히 했습니다. 사람들이 내 이야기를 이해 못하는 것도 이해합니다. 그래도 외롭습니다.

요즈음, 많은 사람들이 문화를 말합니다. 그 사람들은 경제의 관점에 문화를 말합니다. 그러나 문화는 경제의 자료가 아닙니다. 문화는 사람의 삶입니다. 고품격의 사람이 고품격의 문화를 만들어 내며, 그래서 삶이 고품격이 됩니다. 고품격의 문화를 만들려면 먼저 사람을 고품격으로 만들어야 합니다. 그런데 무엇이 고품격인지 기준도 기점도 없거나 애매합니다. 잣대가 없으면 측량을 할 수 없습니다. 제 이야기는 측량의 잣대가 될 것이라 생각합니다.

　나는 유언장을 쓰듯이 이 이야기를 기록합니다. 이 세상에서 나만 아는 이야기이니 기록해 놓지 않으면 직무유기 라는 생각이 들었습니다. 기록이 끝나면 매우 홀가분할 것입니다. 단지 바람이 하나 있다면, 지금은 사람들이 이해 못하는 이 이야기가 먼 훗날 사람들 삶에 쓰임이 있으면 좋겠습니다. 또 한편, 그냥 잊혀진들 어떻겠습니까? 쓰임이 있건 잊혀지건 이제 나와는 상관없는 일인 듯합니다. 난 기록만 할 뿐….

서기 2009년 6월

오대산에서

朴海朝

바보한민족
사 라 진 빛 민 족 을 찾 아 서

차례

1
문화의 시원

느낌 시대

1.
진리의 원료

태초에 사람들이 살고 있었습니다

혼魂의 구성

태초에, 사람들이 살고 있습니다. 진공처럼 청정한 환경 속에 마음이 곱고 느낌이 맑은 사람들이 살고 있습니다. 그 사람들은 스스로 「빛사람」이라고 생각합니다. 빛사람들의 대표가 모였습니다. 마음이 곱고 느낌이 고운 사람들 가운데 마음이 더 곱고, 느낌이 더 맑은 사람들이 대표로 모여 앉았습니다. 그들은 오늘의 모임을 「빛모임」이라 생각합니다.

지구에서 사람의 삶이 시작된 이래 첫 모임입니다. 빛모임의 목적은 요즘 말로 하면 문화의 틀을 만드는 것입니다. 아직 말과 문자도 없습니다. 마음과 마음의 소통은 얼굴 표정과 몸짓과 느낌으로 합니다. 그것으로 충분합니다.

문화의 틀을 만들려면 원료가 있어야 합니다. 원료가 있어야 가공을 합니다. 원료가 기준이며 가공된 것이 잣대입니다. 빛사람들은 의논을 하여 간단하게 문화의 틀을 만드는 원료를 사람의 혼魄으로 정합니다. 혼을 원료로 정하기가 쉬웠던 것은 빛모임에 모인 빛사람들은 눈으로 혼을 볼 수 있기 때문입니다. 모두들 혼을 볼 수 있는 빛사람들이었기에 만장일치로 정합니다. 마음이 잔잔하고 느낌이 맑고 섬세한 사람은 자신의 혼은 물론, 남의 혼도 볼 수 있습니다. 육체를 가진 사람의 혼을 볼 수 있으니 미래에 육체를 가지고 이 세상에 올 혼도 허공에서 봅니다. 혼을 문화의 원료로 정했으니 혼의 구성, 운동, 변화에 대하여 의견들을 모으기 시작합니다. 먼저 혼의 구성체를 의논합니다.

빛사람 하나가 일어나 나뭇잎과 들꽃으로 삼원빛의 큰 원을 만들고 빈틈을 만들어 놓습니다. 그림으로 보면 이렇습니다.

그 다음 사람이 일어나서 삼원빛 꽃 원▦ 옆에 하양빛 꽃으로 같은 크기의 원을 만들어 놓고 삼원빛 원과 하양빛 원이 같다고 표시합니다. 그리고 하양빛 원이 왼쪽 편으로 돌아가는 운동 방향을 나타냅니다. 그러면서 보이지 않는다고 눈을 가려서 표현합니다. 이것을 종합하면, 혼은 삼원빛으로 구성되어 있으나 왼쪽으로 운동을 하면 맑고 투명한 하양빛으로 변화하여 보이지 않게 된다는 것입니다. 이것을 그림으로 보면 이렇습니다.

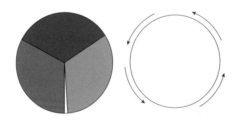

다른 빛사람이 일어나 하양빛 꽃잎으로 높낮이가 있는 일정한 운동의 모습을 만들어 놓습니다. 이것은 혼이 파동으로 존재하며 파동이 모여 파장을 이루며, 운동은 항상 일정한 높낮이와 속도를 유지한다는 것입니다. 그림으로 보면 이렇습니다.

처음에 일어나 삼원빛 원을 만든 빛사람이 일어나 머리를 툭툭 치며 웃습니다. 무엇인가 빠뜨린 게 있는 모습입니다. 빛사람은 삼원빛 원에 가더니 삼원빛 셋의 질량은 모두 똑같다고 표현합니다. 이것을 도표로 만들면 이렇습니다.

초록빛	33.333	⋯⋯⋯⋯⋯⋯⋯	3%
파랑빛	33.333	⋯⋯⋯⋯⋯⋯⋯	3%
빨강빛	33.333	⋯⋯⋯⋯⋯⋯⋯	3%
틈	0.000	⋯⋯⋯⋯⋯⋯⋯	1%

빛사람들의 혼의 구성체에 관한 합의는 끝났습니다. 그들의 합의사항을 다시 간추려 재구성을 해 보겠습니다.

혼은 초록빛 33.33⋯⋯ 3%와 파랑빛 33.33⋯⋯ 3%, 그리

고 빨강빛 33.33…… 3%로 구성되어 있으며, 삼원빛이 운동을 할 수 있는 것은 0.00…… 1%의 빈틈이 있기 때문이다. 0.00…… 1%의 빈틈이 메꾸어지면 운동은 정지한다. 운동의 정지란 죽음이다.

운동이 시작되면 삼원빛은 하양빛으로 변화한다. 혼의 실체는 삼원빛이지만 존재는 하양빛으로 한다.

혼은 원이며 왼쪽으로 운동한다. 파동이 모여 파장으로 높낮이 운동을 하며 속도는 한결같다.

혼의 구성체인 삼원빛 99.99…… 9%는 혼의 근본체이며, 빈틈 0.00…… 1%는 운동을 발생시켜 혼의 생명을 유지케 하는 요소이니 비율의 차이가 크더라도 혼에게는 한 값으로 중요하다.

삼원빛이 혼의 근본체지만 운동 중에 변화하여 나타나는 하양빛도 혼의 근본체와 같다. 속과 드러남은 하나이기 때문이다. 삼원빛(≡)과 하양빛(─)은 존재 형태는 달라도 같은 것이다.

이제 빛사람들은 혼의 운동에 관하여 의견을 나누기 시작합니다.

혼魂의 운동

　　　　　　　　빛모임의 빛사람들이 혼의
구성에 이어 혼의 운동 특성에 관하여 의견을 종합합니다. 빛사
람들은 아직 말(言)이나 문자가 없습니다. 몸짓과 느낌으로 소통
합니다. 빛사람들의 회의 모습을 지금의 언어로 중계합니다. 빛
사람들 방법으로 전달하려면 너무 어렵기 때문입니다. 빛사람
들의 의견을 종합하면 혼의 운동 특성은 이렇습니다.

　혼은 끊임없이 파동쳐 파장을 이루는 운동을 합니다. 살아
있는 것들은 모두 운동을 합니다. 혼의 운동이 끊임없이 이루어
질 수 있는 것은 혼의 구성이 초록·파랑·빨강의 각기 다른 특
질의 율동성을 지닌 삼원빛으로 구성되어 있기 때문입니다.

　혼의 구성원인 초록빛은 현재의 상태를 유지하려는 것이 본
능입니다. 수평운동입니다. 파랑빛의 운동 본능은 아래로 내려
가려고 합니다. 수직이며 하강운동입니다. 빨강빛은 상승이 본
능입니다. 수직으로 상승하려는 것이 빨강빛의 운동 본능입니

다. 제각기 다른 운동 본능을 가진 세 가지가 하나의 모둠으로 구성되어 있기 때문에 역동적인 파장운동이 생겨납니다. 정리하면 이렇습니다.

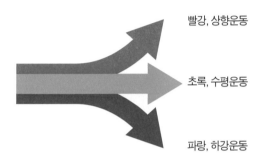

빨강, 상향운동

초록, 수평운동

파랑, 하강운동

혼의 구성체인 삼원빛이 제각각의 운동성을 지녔기 때문에 혼의 운동은 원으로 운동합니다. 삼원빛 세 가지가 균형을 정확히 이루었을 때엔 100%의 동그라미 운동이 생길 것이며, 초록빛으로 2%만 편중이 된다면 타원형의 모양으로 수평운동을 하게 되며, 파랑빛으로 편중이 되면 타원형으로 하강운동을 하며, 빨강빛으로 편중되면 타원형의 상향운동을 할 것입니다. 이것을 그림으로 보면 이렇습니다.

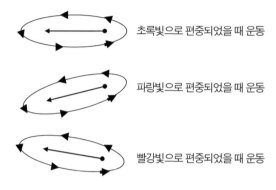

초록빛으로 편중되었을 때 운동

파랑빛으로 편중되었을 때 운동

빨강빛으로 편중되었을 때 운동

보편적으로 혼의 운동은 원으로 합니다. 혼은 육체가 없기 때문에 문제가 없습니다. 타원형의 운동을 한다는 것은 혼의 구성체인 삼원빛의 균형이 깨진 현상입니다. 문제를 만나 혼이 균형이 깨진다면 타원형 운동이 생기겠지만 혼은 문제가 없으니 언제나 100%의 동그라미는 아니지만 원 운동으로 존재합니다.

운동엔 관성이라는 것이 있습니다. 이 세상의 모든 운동은 운동이 지속될수록 파장이 올라갑니다. 파장이 더 이상 올라갈 수 없는 상황, 포화상태가 되면 새로운 것으로 변화합니다. 바다의 밀물이 다 들어와서 밀물 운동의 포화 상태가 되면 썰물 운동이 일어나는 현상과 비슷합니다.

혼의 파장 운동이 한결같다고 했지만 정확하게 말한다면 운동이 계속되는 동안 미세하게 파장이 상향으로 변화합니다. 혼의 파장이 포화상태에 이르면 혼은 순식간에 새로운 형태로 변화합니다. 사람이 같은 상황, 같은 문제에 화를 내는 시간이 다르듯, 혼마다 파장이 포화 상태에 이르는 시간이 다릅니다. 어떤 혼은 1년 만에, 어떤 혼은 600년 만에 포화 상태에 이릅니다. 혼의 포화 상태—그것은 육체를 갖기 위하여 엄마의 자궁에 수태되는 순간입니다. 혼의 파장과 포화 상태를 그림으로 보면 이렇습니다.

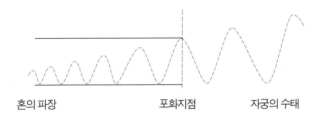

혼의 파장   포화지점   자궁의 수태

파장운동의 포화 상태란 새로운 형태로의 변화가 시작되는 지점입니다. 포화 상태 이전의 삶과 포화 상태 이후의 삶의 모

습은 아주 다릅니다. 삶이란 포화 상태를 기점으로 마디와 마디로 이어집니다. 삶이란 끝없이 일어난 마디의 원운동입니다. 마디의 연속이란 변화의 연속입니다. 중요한 것은 변화가 좋은 쪽으로 진행되는가 아니면 나쁜 쪽으로 진행되는가입니다.

빛모임의 빛사람들은 혼의 운동에서 이제 혼의 변화를 의논하려 합니다. 빛사람들도 오랫동안 앉아 있었으니 잠시 휴식시간을 갖습니다. 우리도 휴식한 뒤에 빛모임의 회의를 볼 것입니다.

혼魂의 변화

　　　　　　　　빛사람들은 다시 모여 혼의
변화에 대하여 의견을 나눕니다. 빛사람들이 나눈 의견을 종합
하면 이렇습니다.

　혼의 파장운동이 포화 상태에 이르는 순간, 혼은 엄마의 자
궁에 잉태합니다. 엄마의 자궁은 생명의 변신공장입니다. 생명
의 원료인 혼이 변신공장에 지금 막 도착하여 육체로 변신하려
고 준비합니다. 육체 없이 살아왔던 혼의 한 마디 삶이 끝나고
육체를 지닌 새로운 마디로 시작되는 순간입니다.

　생명이 육체 없이 허공에 있을 때는 혼이라 부릅니다. 혼이
엄마의 자궁에 도착하면 생명의 「알」이라 부릅니다. 알들이 분
열을 시작합니다. 분열된 알들을 「살」이라 부릅니다. 살들은 약
열달 동안 분열과 통합을 반복하여 완성됩니다. 완성되는 순간

엄마의 자궁에서 이 세상, 이 땅으로 태어나 나옵니다. 태어난 생명을 「몸」이라 부릅니다. 혼은 약 열 달 동안 엄마의 자궁 안에서 세 번의 변신, 세 번의 삶의 마디를 거쳤습니다. 파장으로 존재하던 혼이 세 번의 변신 마디를 거쳐서 약 60조 개의 살들이 모인 하나의 연방체의 몸으로 이 땅에 온 것입니다.

혼은 파장의 신분에서 몸으로 변신하는 과정만 거친 것은 아닙니다. 혼은 약 열 달 동안 우주에서 이 땅으로 여행을 한 것입니다. 혼은 하늘이라는 허공에 있다가 엄마의 자궁으로 옵니다. 엄마의 자궁은 생명의 공장이며 함께 하늘에서 이 땅으로 오는 터널이기도 합니다. 열 달 동안 내달려야 빠져 나올 수 있는 터널이니 이 세상에서 가장 긴 터널이 엄마의 자궁입니다. 열 달 동안 달려야 빠져 나올 수 있는 터널은 위험한 터널입니다. 그토록 긴 터널을 온전한 몸을 지닌 채 살아서 나온다는 것은 기적입니다. 이 세상 사람들은 모두 기적을 이루어 낸 사람입니다. 기적을 이루지 못하면 태어나지 못합니다. 기적을 바라며 하늘에서 이 땅으로 계속 오고 있는 것을 보면, 이 땅이 하늘보다 좋은 곳임이 분명합니다. 혼의 변신과 여행 경로를 종합 정리합니다.

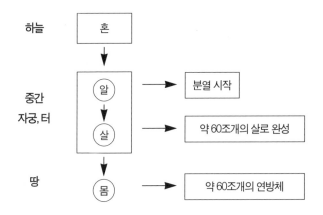

혼의 변신과 여행 경로를 보았습니다. 이제 혼의 변신 과정에서 일어나는 물리적 · 화학적 변화를 볼 차례입니다. 변화 과정을 보기 전에 정리해야 할 것이 있습니다. 이름, 호칭입니다.

빛모임 사람들은 스스로 「빛」사람이라고 합니다. 빛사람들은 「혼」을 빛이라 생각합니다. 자신들의 원료인 혼이 빛이니, 빛으로 원료 삼아 육체로 태어났기 때문에 스스로 빛이라 생각합니다. 생명, 혼이란 이름을 「빛」으로 바꾸어 부릅니다.

알은 빛이 원료이니 제대로 된 이름은 「빛의 알」이 되며, 살은 「빛의 살」, 몸은 「빛의 몸」이 됩니다. 이 이름들을 부르기 쉽

도록 생략하면 「빛의 알」은 「빛알」, 「빛의 살」은 「빛살」, 「빛의
몸」은 「빛몸」이 됩니다. 처음 듣는 이름이라 생소하겠지만 이름
을 잘 기억하십시오. 낯선 이름을 정리합니다.

혼 = 빛
알 = 빛의 알 = 빛알
살 = 빛의 살 = 빛살
몸 = 빛의 몸 = 빛몸

혼의 이름을 새롭게 정했으니 혼의 변화 과정을 물리적 · 화
학적으로 재구성해 봅니다. 빛魂이 엄마의 자궁으로 잉태되어
분열이 시작되기 직전까지는 삼원빛입니다. 빛알은 삼원빛입
니다. 빛알의 운동이 포화 상태가 되어 새로움으로 변신할 때
빛삼원이 빛갈삼원으로 바뀝니다. 삼원빛에서 삼원빛갈로 바
뀌는 과정은 이렇습니다.

초록빛 = 노랑빛갈
파랑빛 = 파랑빛갈

빨강빛 = 빨강빛갈

삼원빛에서 삼원빛갈로 바뀌게 되는 것은 삼원빛 가운데 초록빛이 노랑빛갈로 화학적 변화 과정을 거치기 때문입니다. 삼원빛갈로 변화한 빛알을 「빛살」이라 합니다. 그렇다면 노랑빛갈로 변화한 초록빛은 어디로 갔을까요? 초록빛은 빛살의 가운데에 숨어 있습니다. 빛살 가운데 초록빛이 숨어 있는 빛살을 지금 말로 하면 「간세포」 또는 「줄기세포」입니다. 속에 초록빛을 숨겨 가진 빛살인 간세포, 줄기세포만 새로운 일반 세포를 만들어 낼 수 있습니다. 간세포, 줄기세포의 분열과 통합이 반복적으로 일어나 약 60조 개의 빛살이 완성되면 하나의 빛몸으로 태어납니다. 태어난 빛몸 속에는 파장인 빛(㸐)과 동그라미인 빛알(○)과 세모(△)인 빛살이 함께 들어 있습니다. 이 과정을 정리해 보면 이렇습니다.

빛의 존재에서 운동의 포화 상태가 되면 빛알로 변화되고, 빛알로 운동하다가 포화 상태가 되면 빛살이 됩니다. 빛살의 운동이 포화 상태가 되면 분열되어 빛살의 숫자가 늘어납니다. 운동이 포화 상태가 될 때마다 빛살은 분열과 통합을 반복합니다.

빛살의 분열과 통합 현상은 물리적이며 화학적이며 수학적입니다. 그리고 정확한 질서가 있어서 아름답기까지 합니다. 분열은 언제나 셋으로 합니다. 그것을 그림으로 보겠습니다.

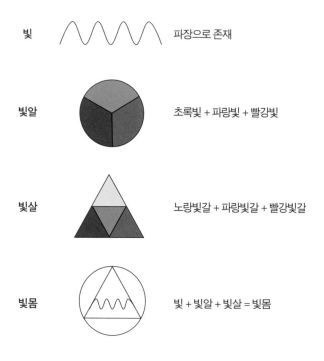

빛		파장으로 존재
빛알		초록빛 + 파랑빛 + 빨강빛
빛살		노랑빛갈 + 파랑빛갈 + 빨강빛갈
빛몸		빛 + 빛알 + 빛살 = 빛몸

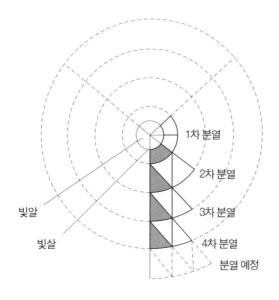

1차 분열

2차 분열

3차 분열

빛알

빛살

4차 분열

분열 예정

　세 개로 구성된 빛알이 분열하면 최초의 빛살은 9개가 되고, 2차 분열이 되면 셋으로 분화하니 27개가 되고 3차 분열이 되면 81개가 됩니다. 약 60조개가 될 때까지 분열을 계속합니다. 분열을 시작한 것이 한 개의 빛알이었으므로 1~3, 1~9, 1~27로 표시합니다. 이 말은 분열 작업이 한 알의 빛알 속에 무수하게 이루어지므로, 한 번에 셋으로 분열하고 다시 한 알에 모이는 현상이니 이것을 '삼=하나'의 현상이라고 합니다.

빛살이 삼=하나 현상이 생기는 까닭은 운동의 포화 상태 때문이라 했습니다. 운동의 포화 상태란 파장의 운동 궤적이 높아진다는 뜻입니다. 빛에서 빛알, 빛알에서 빛살, 빛살이 약 60조 개에 이르도록 반복되는 분열과 통합 운동은 빛의 운동이 부풀어 났다는 증거입니다. 이것을 그림으로 봅니다.

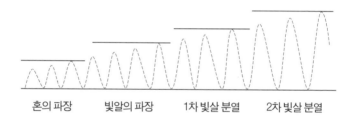

| 혼의 파장 | 빛알의 파장 | 1차 빛살 분열 | 2차 빛살 분열 |

그림처럼 파장이 변화할 때마다 높아집니다. 이 형상은 에너지의 질량은 똑 같은데 파장의 운동이 크게 부풀었다면 부풀기 전보다 에너지가 약화되어 있습니다. 예를 든다면, 밀가루 반죽에 이스트를 넣으면 처음보다 몇 배 불어납니다. 불어난 밀가루

반죽은 처음의 밀가루 반죽보다 에너지가 약합니다.

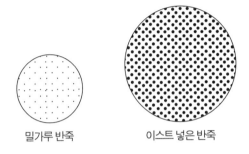

밀가루 반죽   이스트 넣은 반죽

　빛魂의 에너지도 그와 같습니다. 빛의 파장운동 높이가 올라
갈수록 빛의 에너지는 약화됩니다. 빛의 에너지 질량을 1g이라
고 가정했을 때, 태어난 아기의 체중의 3000g이라고 한다면 이
현상은 아기 몸의 에너지가 빛의 에너지보다 3000배 약화되었
다는 뜻입니다. 다른 말로 하면 3000배 부풀어 난 것이며, 파장
운동의 폭도 빛일 때보다 3000배 높아졌다는 뜻입니다. 빛몸으
로 이 세상에 태어난 아기는 빛魂으로 있을 때 자신의 에너지보
다 3000배 희석되고 약화된 상태로 왔습니다. 빛魂은 자신의 에

너지를 약화시키면서 왜 육체를 갖기를 원할까요? 그런 현상이 나쁘기만 한 것일까요? 그렇지 않을 것입니다. 필연적인, 그렇게 변화하지 않으면 안 될 이유가 있을 것입니다.

빛에서 빛알→빛살→빛몸으로 변화되는 과정을 보았습니다. 빛사람들이 이 원료를 가지고 문화로 만들어 내는 과정을 지켜볼 차례입니다.

2.
진리의 응용 「빛 셋·하나三·一」

보이게 존재하는 것과 보이지 않게 존재하는 것이 있습니다

진리의 가공

빛모임 사람들은 문화의 원료를 정하고 정해진 원료를 가공하려는 시점인데 빛사람들은 한가합니다. 맑고 밝은 얼굴에 웃음이 떠나지 않습니다. 빛사람들은 문화의 틀을 만드는 것에 목숨을 걸지도 않습니다. 사명감과 소멸의식에 몸을 떨지도 않습니다. 빛사람들은 자신들이 즐겁게 가지고 놀 놀잇감을 만들고 있습니다. 이왕 가지고 놀 놀잇감이라면 곱고 아름다운 것이면 좋겠다고 생각합니다. 빛사람들은 원료를 가공하기 시작합니다.

1.정신

빛쨀과 빛알은 초록+파랑+빨강빛 셋으로 구성되어 있으며,

운동하는 모습은 하양빛 하나로 존재합니다. 존재하지만 투명하고 맑은 상태이기 때문에 보이지 않습니다. 존재하지만 보이지 않는 생명의 원료인 빛魂을 「정신精神」이라고 이름을 정합니다. 삼원빛과 하양빛은 정신입니다. 삼원빛이 빛의 실체 구성원이지만 운동을 하면 셋이 합해져 하나의 하양빛으로 통합이 되므로 빛을 대표하여 하양빛을 정신으로 합니다.

2. 물질

빛이 빛알을 거쳐 빛살로 변화할 때 삼원빛 가운데 초록빛이 노랑빛갈로 바뀝니다. 빛살의 구성체는 노랑빛갈+파랑빛갈+빨강빛갈입니다. 삼원빛갈이 운동을 시작하면 까망빛갈로 변화합니다. 빛살의 구성체는 삼원빛갈이지만 존재 모습은 까망빛갈입니다. 빛사람들은 까망빛갈을 물질의 상징으로 삼습니다. 물론 육체 속에는 빛魂과 빛알과 빛살이 함께 있으니 단정적으로 육체를 물질이 100%라고 할 수 없습니다. 그러나 손으로 만져지고 눈으로 볼 수 있도록 존재하는 것이기 때문에 빛살의 집

합체인 육체를 물질로 정하고 까망빛갈을 상징으로 정한 것입
니다.

  이 세상에 존재하는 것을 두 가지로 나눈다면, 보이지 않게
존재하는 것과 보이게 존재하는 것이 있습니다. 빛魂은 내 속에
존재하지만 보이지 않으며 육체는 보입니다. 그래서 빛魂을 정
신이라 하고 육체를 물질이라 하여 둘로 나누었습니다. 그러나
하나입니다. 정신과 육체, 그것의 구성체는 삼원빛과 삼원빛갈
이며, 하양빛과 까망빛갈입니다. 하양빛과 까망빛갈이 이 세상
에 존재하는 모든 생명체들의 구성을 함축하는 상징입니다. 이
것을 정리해 봅니다.

빛魂 = 초+파+빨 = 하양빛 = 정신
육체 = 노+파+빨 = 까망빛갈 = 물질

3.마음

  빛魂은 삼원빛으로 구성되어 있으며, 빛이 운동하는 것은 삼

원빛의 에너지 특성이 다르기 때문입니다. 삼원빛은 빛의 구성원이며 빛을 운동하게 하는 에너지입니다 삼원빛이 정신입니다. 정신이란 곧 마음입니다. 빛은 제각각 다른 유형의 삼원빛 마음을 지녔습니다. 삼원빛 마음을 유형별로 분류해 봅니다.

초록빛은 현상 유지의 에너지며 마음입니다. 발전도 퇴보도 없습니다. 오직 현재에 만족하며 지금의 현상을 지키는 본능을 지녔습니다. 안정과 평화로움입니다.

파랑빛 에너지는 과거를 지키며 계승하려는 본능을 지녔습니다. 지나온 날들을 잊지 않고 늘 돌아봅니다. 우아함과 슬픔과 우울을 함께 지닌 것이 파랑빛의 본능입니다.

빨강빛 에너지는 새로우며 진취적이어서 뛰어나가 솟구치려는 것이 본능입니다. 발전하며 새로운 것을 건설하며 미지의 세계를 개척하려는 것이 본능입니다. 기쁨, 분노가 빨강빛의 본능입니다. 이것을 정리합니다.

초록빛 = 현상유지 = 안정, 평화

파랑빛 = 과거지향 = 우아, 슬픔

빨강빛 = 미래지향 = 기쁨, 분노

1g도 되지 않는 사람의 혼魂에 이처럼 제각각의 성질이 다른 구성원들이 있습니다. 사람은 혼일 때부터 안정과 평화, 우아함과 슬픔, 기쁨과 분노, 그리고 현상 유지와 과거 회귀와 미래 진취의 모순을 안고 있습니다. 사람의 혼魂은 태어나기 전부터 모순과 갈등을 안은 문제 덩어리입니다.

그러나 혼으로 있을 때는 문제가 노출되지 않습니다. 제각각인 삼원빛이 하양빛 하나로 통합되어 있기 때문입니다. 통합이란 합의合意이기도 합니다. 문제는 혼魂에서 육체로 전환된 뒤부터입니다.

4. 느낌

육체의 구성원인 삼원빛갈은 문제를 만났을 때 삼원빛처럼 파장운동을 일정하게 유지하지 못합니다. 파장운동이 일정하지 않다는 것은 균형을 잃었다는 것입니다. 파장운동의 폭과 간격이 균형을 잃은 상태는 분화를 의미합니다. 마음의 근본인 세 가지의 모순과 갈등도 벅찬데 3에서 9, 27, 81의 유형으로 분화하면 견디기 어렵습니다. 세 가지의 마음에서 분화한 것을 느낌이라고 합니다.

느낌에서 한 번 더 분화된 것이 생각입니다. 생각이라는 말은 날 생生에 느낄 각覺입니다. 느낌이 몸 밖으로 나왔다는 뜻입니다. 느낌이 몸 밖으로 나오면 언言, 행行이 됩니다. 분화의 과정을 도표로 그리면 이렇습니다.

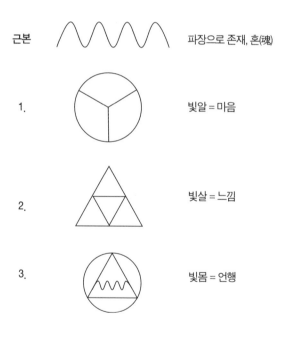

근본 — 파장으로 존재, 혼(魂)

1. 빛알 = 마음

2. 빛살 = 느낌

3. 빛몸 = 언행

육체를 지닌 생명체가 언행을 하려면 빛魂→마음→느낌→생각=언행의 과정을 거칩니다. 마음은 있지만 언행까지 가지 않으려면 느낌에서 멈추어야 합니다. 느낌을 참지 못하면 바로 언행으로 이어집니다. 느낌을 참기란 참으로 힘든 일입니다.

마음은 세 가지이지만 느낌은 우리가 눈으로 볼 수 있는 이 세상의 모든 빛갈의 수만큼입니다. 하늘, 구름, 바다, 산, 나무, 꽃풀들의 빛갈은 헤아릴 수 없을 만큼 많습니다. 그 빛갈들은 시간마다 계절마다 바뀝니다. 사람이 만들어 내거나 느낄 수 있는 느낌의 가짓수는 세상에 있는 빛갈 수와 똑 같습니다. 그 많은 느낌들을 삶에 알맞은 상태로 조율하기는 쉽지 않습니다. 삶이 어렵습니다. 어려운 삶을 즐겁고 편안하게 바꾸려면 균형이 필요합니다. 빛사람들은 삶의 핵심은 균형입니다.

5. 균형

빛魂의 구성체인 삼원빛은 나누어지는 것이므로 분열이며 출발입니다. 삼원빛이 합쳐지면 하양빛이 됩니다. 하양빛은 통합이며 도착입니다. 사람의 빛魂은 구성 자체가 분열과 출발이며 통합과 도착입니다. 사람의 빛은 영원히 분열과 통합, 출발과 도착을 반복합니다. 분열과 통합, 출발과 도착의 과정은 조율이며 결과는 균형입니다.

좋은 결과는, 좋은 원료와 좋은 과정이 있어야 가능합니다. 원료는 삼원빛이며, 과정은 파장운동이며, 결과는 하양빛입니다. 삶을 일상적으로 유지하지 못하면 나타나는 결과는 그때그때마다 다르게 됩니다. 통합의 결과가 시시각각 다르다면 신뢰할 수 없는 사람입니다. 예측 가능하지 않은 사람과는 살기가 힘듭니다. 이것을 정리해 봅니다.

빛사람들은 이렇게 정리한 것도 복잡하다고 생각합니다. 더

간단하게 만들 수 없을까 궁리해 봅니다. 그들은 빛체의 구성과 변화와 운동을 새롭게 통합해 봅니다. 빛체은 삼원빛 셋에서 하양빛 하나로 존재합니다. 빛체에서 육체를 지니고 태어나는 과정도 빛에서 빛알, 빛살, 빛몸으로 세 번 변화합니다. 하나–와 셋≡입니다. 빛살이 분열하는 것도 셋≡에서 하나–로 통합의 반복입니다. 빛체의 운동도 제각기 다른 성질 셋≡이 하나–로 통합하여 역동적인 에너지를 만들어 냅니다.

빛사람들은 알았습니다. 빛체은 근본 존재도 셋≡과 하나–며, 빛에서 육체로 완성되는 과정도 셋≡을 거쳐 하나–가 됩니다. 빛살(세포)이 분열하는 과정도 셋≡과 하나–입니다. 생명체를 생명체로 존재하도록 하는 생체 파장운동도 셋≡과 하나–입니다.

빛체에서 빛몸까지 이르는 존재와 변화와 운동성이 셋≡과 하나–라는 공통점을 찾아냈습니다. 빛사람들은 그들의 삶에서 처음으로 문화 이론을 만들어 냅니다. 생명체의 모든 것을 함축하는 부호와 법칙을 셋≡과 하나–로 정했습니다. 이제 빛사람들은 셋≡과 하나–라고 하면 누구나 빛체에서 빛몸까지 일어나는 모든 변화라는 것을 인식하게 되었습니다. 빛사람들은 그들의 삶에서 처음으로 만들어 낸 법칙을 「빛 셋·하나≡·–」라고 이름

지었습니다. 「빛 셋·하나三·一」는 균형의 암호이기도 합니다.

이것을 정리해 봅니다.

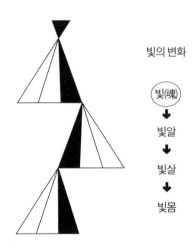

빛의 변화

빛(魂)
↓
빛알
↓
빛살
↓
빛몸

6. 빛 셋·하나三·一 상징물

빛사람들은 의논합니다. 「빛 三·一」를 상징할 만한 대상을
정하기 위하여 생각들을 합니다. 생각하는 시간은 오래 걸리지

않았습니다. 그들이 정한 대상물은 「나무」였습니다.

빛사람들 모두 알고 있습니다. 지구상에서 살아가는 생명체들 가운데 빛의 한결같은 파장운동을 닮은 것은 나무가 유일합니다.

나무의 파장운동이 한결같아서 나무의 성장은 일정합니다. 나무의 성장이 일정하다는 것은 삶의 조율과 균형의 천재라는 뜻입니다. 나무는 적정하게 키가 크면 거기에서 멈춘 후 굵기를 만듭니다. 수평과 수직의 조율과 균형에도 천재입니다. 나무는 비탈에서도 곧게 자랍니다. 삶이 언제나 곧습니다.

나무는 줄기와 뿌리의 균형을 맞춥니다. 뿌리가 감당하지 못할 만큼 줄기를 키워 내지 않습니다. 줄기는 허공에서 살아갑니다. 허공은 정신입니다. 뿌리는 땅에서 삽니다. 땅은 물질입니다. 나무는 정신과 물질을 50:50으로 균형 맞추어 살아갑니다. 나무를 「빛 三·一」의 상징물로 삼은 빛사람들이 훌륭합니다.

이것을 정리해 봅니다 (나무의 균형도).

빛사람들이 빛䘒의 모든 것을 함축해 담고 있는 「빛 三·一」와 그의 상징물을 만들었습니다. 빛사람들이 그것들을 만든 것은 사람들이 잘 잊는 특성을 알기 때문입니다.

하늘(정신)

땅(물질)

나무의 균형도

빛에서 빛알을 거쳐 빛살, 빛몸으로 태어나는 것은 생명체면 누구나 거치는 과정입니다. 그 과정을 무사히 거쳐서 태어나는 것은 조율과 균형이 본능이라는 증거입니다. 조율과 균형은 모든 생명체의 보편적 능력입니다. 이 본능은 학습으로 얻는 것이 아닙니다. 문제는 잊는다는 것입니다. 특히, 욕심이 생기면 마음이 급해지고, 마음이 급해지면 느낌이 거칠어집니다. 느낌이 거칠어지면 언행이 거칠어집니다. 언행이 거칠어졌다는 것은 균형이 깨어졌다는 증거입니다. 균형이 깨어지면 본능인 조율과 균형의 능력도 잊고 맙니다. 그래서 단순한 삶이 복잡해집니다. 사람들의 잊어버리는 단점을 보완하기 위하여, 빛의 특성을 지녔고 언제 어디서나 늘 볼 수 있는 나무로 「빛 三·一」의 상징으로 삼은 것입니다.

빛사람들은 상징물을 만들기 시작합니다. 갈대로 왼쪽으로 꼰 세 가닥의 새끼줄을 합쳐서 한 줄의 새끼로 만들었습니다. 빛의 운동은 왼쪽 방향이기 때문입니다. 새끼줄을 아름드리 잘생긴 나무의 허리에 감았습니다. 빛㵢의 파장 줄기입니다. 원으로 운동을 하니 새끼줄도 원으로 감았습니다.

초록빛의 나뭇잎과 파랑·빨강빛의 꽃들과 하양빛 꽃을 새끼줄에 꽂습니다. 빛䰠의 존재 실체와 운동 모습입니다. 사람들 세상에서 처음으로 만들어진 삶의 기점이며 기준입니다.

빛사람들은 즐겁습니다.

빛의 상징물을 만들며 노느라 언제 시간이 지났는지 보름달이 떴습니다. 빛사람들은 자연 발효된 술을 마시며 춤추고 노래하며 놉니다. 즐거움 속에서 밤이 익어가고 있습니다. 달빛 속에 「빛나무」도 아름답게 서 있습니다. 허리에 두른 새끼줄과 삼원빛 꽃과 하양빛 꽃도 아름답습니다. 삶의 상징물이 달빛에 녹아 들고 있습니다.

빛 셋·하나三·一의 조직

　　　　　　　　　빛사람들이 「빛 三·一」와
「빛나무」란 상징물을 만들어 놓고 세월이 흐릅니다. 그러던 어
느 날 빛사람들이 다시 모여 빛모임을 시작합니다. 「빛 三·一」
를 만들 때의 모임은 심심해서 즐거운 놀이 삼아 시작했습니다.
오늘의 모임은 심심해서가 아니라 꼭 필요한 것이 있기 때문에
열렸습니다.

　세월이 흐르면서 빛사람의 숫자가 늘어났습니다. 사람의 숫
자가 늘어나면 사람과 사람의 사이에 이해관계가 생겨나고, 사
람들이 이해관계에 따라 무리를 이루기 시작합니다. 사람과 사
람, 무리와 무리 사이에 생겨 나는 분쟁을 조정하고 통합하려면
조직이 필요하게 된 것입니다. 하나의 통합된 조직을 처음으로
만들기 위하여 빛모임을 시작합니다.

　의논을 시작합니다. 의논을 시작한 지 얼마 되지 않아 「빛

三·一」를 기준으로 삼자는 의견에 만장일치로 합의합니다. 빛
魂의 구성과 운동과 변화를 보는 빛사람들이니 조직의 구도를
「빛 三·一」를 근거로 삼자는 합의는 당연합니다. 빛사람들은
「빛 三·一」를 모델로 삼아 조직의 구도를 만들기 시작합니다.

1. 조직의 구도

빛사람들은 조직의 구도를 만들기 시작합니다. 원료가 있어
야 작업이 진행됩니다. 원료를 만들기 위하여 우두머리를 정합
니다. 빛魂은 한 개로 존재합니다. 빛사람들은 우두머리로 1명
을 선출합니다. 조직의 원료가 만들어졌습니다.

선출된 우두머리는 자신을 보좌할 참모로 3명을 지명합니
다. 한 개의 빛魂은 셋으로 구성되어 있기 때문입니다. 지명된
3명의 참모들은 자신을 보좌할 참모를 각기 3명씩 지명합니다.
자궁에 잉태된 빛은 셋三, 하나一로 분열과 통합을 하기 때문입
니다.

우두머리 하나에 1번 참모가 셋, 1번 참모가 2번 참모를 각기

3명씩 지명하면 아홉, 아홉 명의 2번 참모가 각기 3명씩의 참모를 지명하면 27명이 됩니다. 업무량이 많아져 사람이 더 필요하면 참모 1명에 3명씩 늘려 나갑니다. 도표로 봅니다.

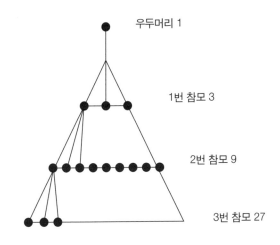

우두머리 1

1번 참모 3

2번 참모 9

3번 참모 27

이 조직도를 현재 회사의 조직도로 바꾸어 봅니다_(다음 쪽).

「빛 三·一」의 조직 형태는 정삼각형입니다. 큰 정삼각형은 작은 정삼각형으로 이루어져 있습니다. 정삼각형의 형태는 나무와 닮은 형태입니다. 정삼각형이 모든 형태 가운데 가장 안정된 형태입니다. 훌륭한 조직의 형태가 만들어졌으니 이제 훌륭한 구성원이 필요합니다. 조직은 구성원이 중요합니다.

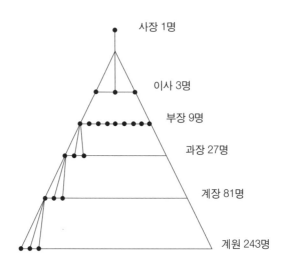

2. 조직의 구성원

「빛 三·一」를 기준으로 만든 「빛조직」이니 구성원의 선정 기준도 빛입니다. 우두머리로 선발된 빛사람은 1번 참모 세 사람을 지명할 때 능력과 성향을 봅니다. 나와 같은 생각을 갖고 있는 사람은 지명하지 않습니다.

빛의 역동성力動性은 빛의 구성원 삼원빛의 운동 방향이 각기 다르기 때문입니다. 우두머리는 진취적이며 미래 지향적 빨강빛으로 편중된 1명과, 현재를 가장 중요하게 생각하며 유지시키는 능력이 뛰어난 초록빛 편향의 1명과, 전통을 중요시하는 파랑빛 편향이 1명을 지명합니다. 1번 참모가 2번 참모를 지명할 때도 그와 같습니다. 1명의 우두머리가 3명의 참모를 선발할 때의 불문율입니다. 조직의 세포인 작은 정삼각형의 구성이 파랑+초록+빨강빛이 같은 비율의 33.33…3%이기 때문에 전체 조직의 구성원 비율도 미래 지향적 + 과거 지향적 + 현상 유지의 사람 비율도 33.33…3%씩 똑같습니다.

하나의 조직에 구성원의 성향이 33.33…3%씩 각기 다른 세 부류로 구성되었으니 균형이 맞으면 엄청난 힘을 내지만 균형이 깨지면 금방 허물어집니다. 이런 구성원의 분포를 가진 조직은 구성원의 역할도 중요하지만 정삼각형의 정점에 있는 우두머리의 역할이 중요합니다.

빛魂의 실체는 초록+파랑+빨강빛이 99.99…9%이지만

99.99…9%를 생존케 하는 것은 운동의 여백인 0.00…1%의 빈틈입니다. 빈틈은 조율 공간입니다. 정삼각형의 구성원은 빛의 실체며 삼각꼭지의 우두머리는 빈틈입니다. 빈틈은 보이지 않습니다. 리더는 보이지 않게 성향이 각기 다른 3명의 구성원을 조율하여 늘 균형 맞게 하는 것이 일입니다.

우두머리는 마음이 한가해야 합니다. 「빛조직」의 특성 가운데 하나가 조직원과 우두머리가 한가하도록 만들어져 있다는 점입니다. 조직의 우두머리는 자신이 임명한 1번 참모인 3명의 조율만 책임 지면 됩니다. 1번 참모들은 자신이 임명한 2번 참모들 3명씩만 조율하면 됩니다. 조직이 아무리 커지더라도 1명이 3명만 책임지면 됩니다. 1명이 3명을 책임지면 많이 한가할 수 있습니다.

「빛조직」의 세포인 작은 정삼각형은 독립체입니다. 모든 일의 성공과 실패의 책임을 리더 1명과 참모 3명이 집니다. 「빛조직」은 우리의 몸과 같습니다. 큰 조직인 우리의 몸은 약 60조 개의 세포로 구성되어 있습니다. 1개의 세포는 뇌가 가지고 있는 정보를 똑같이 가지고 있습니다. 작은 조직은 독립과 연대를 함께 지니고 있습니다.

생명체의 몸과 정신이 건강하려면 온도와 습도와 영양의 공급이 균형 맞추어져야 합니다. 조직도 마찬가지입니다. 조직에서 온도는 환경입니다. 구성원들의 삶과 일터의 환경을 쾌적하게 만들어 주어야 합니다. 습도는 느낌과 소통입니다. 구성원들이 수평과 수직으로 소통이 되어야 하며, 일에 관하여 마음 놓고 생각하여 느끼고 말하여 기가 살아 나오도록 만들어야 합니다. 느낌이 말라 버리면 조직은 고사합니다. 영양은 조직에 있어서 수입원이며 구성원의 급료입니다. 구성원들의 품격을 유지할 만큼 급료를 주어야 합니다. 그래야 좋은 구성원을 모을 수 있습니다. 영원히 아름다운 조직을 유지하려면 온도+습도+영양을 균형 있게 공급해야 하고 역동성을 만들어 주는 빈틈을 늘 유지해야 합니다.

3. 구성원의 유니폼

무리가 생겨나면 조직을 만들게 되고 조직을 만들게 되면 각자 맡아서 해야 하는 일이 있습니다. 조직을 만드는 이유는 규

모 있고 규칙적인 사업을 진행하여 조직을 만들어 낸 무리의 목적을 효율성 있게 이루기 위해서입니다. 빛사람들은 조직과 조직의 형태도 완성하였습니다.

빛사람들은 조직원이 맡아서 하는 일을 한눈에 알아 볼 수 있는 방법을 찾고 있습니다. 조직원의 역할을 한눈에 알아 볼 수 있다면 일의 효율이 더 많이 생길 수 있습니다. 의논 끝에 빛사람들은 「빛 三·一」를 기준으로 삼기로 했습니다. 「빛 三·一」를 기준으로 삼아 조직원의 신분과 일의 종류를 식별하는 방법으로 옷을 사용하기로 합니다.

설명을 쉽게 하기 위하여 조선시대의 조직 체계로 설명합니다. 설명을 쉽게 하기 위한 것이기 때문에 조선시대의 조직 체계와 딱 맞지 않아도 이해해 주십시오.

「빛 三·一」에서 「三」과 「一」은 같은 것이며 하나입니다. 「빛魂」의 실체(三)와 존재(一)하는 모습입니다. 「빛 三·一」 가운데 「一」을 왕으로 삼아 베옷을 입습니다. 「베」라는 말은 「빛」이라는 말과 같은 뜻입니다. 그리고 「빛 三·一」에서 「三」의 의미인 셋은 영의정, 우의정, 좌의정이며 영의정은 파랑빛 옷을 입으며, 우의정은 초록빛 옷을 입으며, 좌의정은 빨강빛 옷을 입기로 합니다. 그리고 조직의 근본 바탕이며 주인인 백성은 하양빛 옷을 입습니다. 큰 틀이 이렇게 짜여진 것은 지금의 민주주의보다 더 깊고 아름다운 조직의 목적과 뜻이 담겨 있습니다.

왕의 의지를 삼정승이 실행하여 생산되는 모든 수확물은 백성들의 것이란 뜻입니다. 빛魂의 운동 원리입니다. 빛은 삼원빛이며 운동을 하면 하양빛입니다. 삼원빛은 출발입니다. 출발은 창조의 시작입니다. 하양빛은 통합이며 도착입니다. 창조의 완성입니다. 왕과 삼정승이 있는 까닭과 조직이 있게 된 까닭이 백성에게 있기 때문에 왕과 삼정승의 모든 일은 백성을 위한 것이란 뜻입니다. 지금의 민주주의보다 완벽한 조직입니다. 이런 「빛 三・一」의 원리는 그냥 진리일 뿐 무슨 사상과 이념이나 주의로 이름을 지을 수 없는 것입니다. 도표로 봅니다.

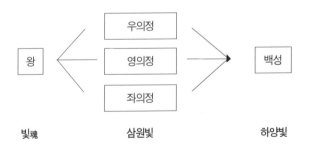

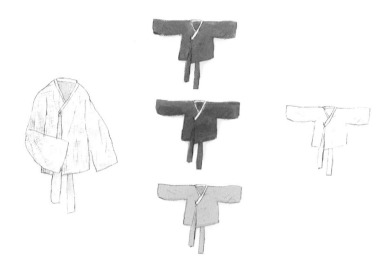

　「빛魂」인 왕과 삼원빛인 삼정승(영의정·우의정·좌의정)과 하양빛인 백성들은 나타남은 달라도 모두가 「빛魂」의 실체입니다. 왕과 삼정승과 백성은 나눌 수 없는 하나의 몸이며 동등한 하나입니다. 셋은 하나라는 빛의 생태를 조직으로 구현한 것입니다.

　왕과 삼정승과 백성은 「빛魂」입니다. 빛이 잉태하여 엄마의 자궁에 도착하면 분열과 통합의 작업이 반복하여 일어납니다. 창조의 시작입니다. 조직도 조직의 목적인 창조를 시작하려면 하위조직이 형성되어야 합니다. 삼정승이 1차 참모입니다. 2차, 3차 참모들의 옷을 살펴봅니다.

영의정이 파랑빛 옷을 입습니다. 이것은 과거지향적인 의미입니다. 역사와 전통과 예의와 윤리·도덕을 담당한다는 뜻입니다. 영의정이 임명한 2차, 3차, 4차의 참모들 모두 파랑빛 옷을 입습니다.

좌의정은 빨강빛 옷을 입습니다. 이것은 진취적인 기상과 용맹과 호방함을 뜻합니다. 이런 기상을 지닌 조직원은 국토國土를 지키고 치안을 담당하기에 알맞습니다. 좌의정의 2차, 3차, 4차 참모들은 분담하여 국토와 치안을 담당합니다. 물질을 지키는 사람들입니다. 조직원들의 가장 큰 물질이 국토며 백성들의 사적 재산입니다. 물질을 지키는 사람들이기에 국토 방위를 위한 정책 담당 참모들은 빨강빛의 옷에 허리띠를 까망빛갈로 동여맵니다. 그리고 국토를 지키는 실무자인 군인들은 까망빛갈의 옷에 빨강빛의 허리띠를 맵니다.

치안을 담당하는 경찰들은 까망빛갈의 옷에 삼원빛 세 가지를 합친 허리띠를 맵니다. 이것은 공공의 재산과 백성들의 사적인 재산을 지키는 경찰은 맑고 반듯한 정신이 바탕이 되어야 한다는 의미입니다.

까망빛갈의 의미를 잊어버렸을 수도 있어서 한번 더 설명을 하면, 삼원빛이 육체로 전환이 되면 삼원빛갈이 되며, 삼원빛이 모듬이 되면 하양빛이 되고 삼원빛갈이 모듬이 되면 까망빛갈이 됩니다. 삼원빛은 「빛䰟」이며 정신이며, 삼원빛갈은 육체며 물질입니다. 까망빛갈은 물질을 뜻합니다. 그러므로 좌의정 휘하의 실무자인 군인과 경찰은 까망빛갈의 옷을 입기로 정한 것입니다.

우의정의 참모들은 초록빛의 옷을 입습니다. 초록빛은 현재 지향적입니다. 우의정과 그의 참모들의 역할은 조직의 유지입니다. 조직을 유지하려면 두 가지가 충족되어야 합니다. 생산과 법法의 제정과 집행입니다. 생산과 법의 정책을 담당하는 참모는 초록빛의 옷이지만 실무자는 노랑빛갈의 옷을 입습니다.

삼원빛이 물질로 변태하려면 먼저 삼원빛갈로 변화되어야 합니다. 삼원빛의 구성체인 초록+파랑+빨강빛 세 가지 가운데 초록빛이 노랑빛갈로 바뀌어야 가능합니다. 초록빛이 노랑빛갈로 바뀌어 노랑빛갈+파랑빛갈+빨강빛갈이 되면 물질이 됩니다. 이것은 앞에서 여러 번 말했지만 빛䰟이 엄마자궁에 잉태하여 육체가 되는 과정입니다.

이 과정은 정신을 원료로 삼아 물질로 재창조하는 과정으로 삼은 것입니다. 정신은 보이지 않지만 존재합니다. 그러나 보이지 않으므로 물질로 쓸 수 없습니다. 보이지 않는 것을 보고 만질 수 있는 입체적 물질로 만들어 쓸 수 있게 변화시키는 작업을 하는 조직원에게 노랑빛갈의 옷을 입혔습니다. 노랑빛갈의 옷을 입은 조직원은 신기술을 개발하거나 신기술을 이용하여 생산하고 관리하여 조직체의 현재 삶을 유지하게 합니다. 도표로 봅니다.

이렇게 하여 빛사람들은 조직의 일을 맡아 보는 사람들의 역할에 따라 입을 옷을 정하였습니다. 언어와 문자가 없었던 빛사람들이 「빛 三·一」를 기준으로 삼아 조직원의 신분증을 옷으로 만든 것입니다. 빛사람들은 조직의 일을 맡은 사람들이 일할 곳을 의논합니다. 일하는 공간도 「빛 三·一」에 의하여 정합니다.

「빛魂」은 존재하지만 보이지 않습니다. 왕은 보이지 않게 있어야 합니다. 삼정승과 그들 참모들도 삼원빛이니 보이지 않습니다. 그들도 존재하지만 보이지 않게 일을 해야 합니다. 노랑빛갈은 물질이지만 물질의 속을 채우는 세포들이니 보이지 않습니다. 노랑빛갈 옷을 입은 사람들도 보이지 않게 연구하고 생산해야 합니다. 까망빛갈의 옷을 입은 사람들은 완성된 물질의 집합체이니 까망빛갈의 옷을 입은 사람들만 백성의 눈에 뜨이도록 일을 해도 됩니다. 조직의 일을 하는 사람들 가운데 물질을 지키는 까망빛갈 옷을 입은 군인과 경찰들만 백성의 속에서 백성들의 눈에 보이는 곳에서 일을 합니다.

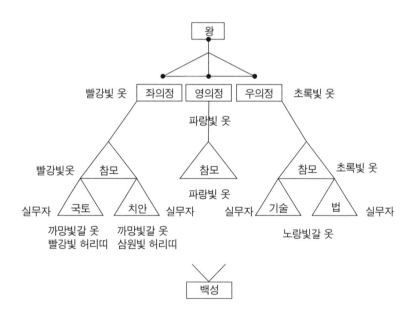

이렇게 일하는 공간이 정해져 빛사람들은 왕이 거처할 곳과 삼정승과 그의 참모들이 일을 할 곳을 한곳에 만들기 시작합니다. 그것이 나중에 궁궐이라 부르게 되는 공간입니다. 백성들도 하양빛 옷을 입었으니 없는 듯 조용히 사는 것이 원칙입니다. 하양빛은 삼원빛이 합해져 생기며 하양빛은 혼魂처럼 조용하고 늘 한결같은 삶을 살아야 한다는 것이 「빛 三·一」를 기준으로 만든 하양빛 옷의 뜻입니다. 이것을 그림으로 종합해 봅니다.

왕의 거처며 삼정승과 그의 참모들이 일을 하는 궁궐 이외의 영토 안에는 하양빛과 까망빛갈밖에 보이지 않습니다. 백성들과 군인들과 경찰들밖에 보이지 않기 때문입니다. 궁궐에서 일을 하는 삼정승과 그의 참모들도 출근과 퇴근할 때엔 하양빛 옷차림입니다. 삼원빛과 노랑빛갈의 옷은 일을 할 때만 입는 일옷입니다. 하양빛 옷을 입고 출근하여 그 위에 삼원빛의 옷을 입고 일하다가 퇴근할 때면 삼원빛 옷을 벗고 궁궐에서 나옵니다. 이것은 조직의 일을 맡아 할 뿐 근본은 조직원인 백성의 신분을 잊지 않기 위한 것입니다.

지금도 관직에 있다가 퇴직을 하면 「옷을 벗었다」고 합니다. 이것은 조직의 삼원빛 옷을 벗고 백성인 하양빛 옷으로 돌아왔다는 뜻입니다. 「백의종군白衣從軍」이란 조직의 맡은 일이 없는 백성이 전쟁에 참여한다는 뜻이니 유래가 오래 된 말입니다.

빛사람들은 조직원이 맡은 일에 따라 한눈에 알아 볼 수 있는 방법을 옷의 빛갈로 정하였습니다. 빛사람들의 빛모임은 잠시 쉬어 갑니다. 빛사람들은 가벼운 발걸음으로 헤어지기 시작합니다.

빛사람들이 다시 모여 빛모임을 시작합니다. 이번의 모임은 회의會議 방법을 정하기 위한 것입니다. 회의 방법 가운데 핵심은 최종적으로 의견을 결정하는 의결 방법입니다. 조직을 만들어 놓고 운영을 하다 보니 문제가 생겼습니다. 조직을 운영하는 사람들을 삼원빛처럼 빨강빛 성향의 사람들 33.333…3%, 초록빛 성향의 사람들 33.333…3%, 파랑빛 성향의 사람들 33.333…3%로 구성을 해 놓았으니 회의의 결과를 투표로 하면 언제나 33.333…3%씩 삼등분이 되어 결말을 지을 수 없습니다. 그 문제를 해결하기 위하여 모였습니다. 해결은 간단하게 되었습니다. 「빛 三·一」의 순리를 모두 알고 있는 빛사람들이 「빛 三·一」를 회의체와 의결체로 정합니다. 토론을 시작합니다.

1. 정正

먼저 회의체會議體를 정합니다. 우두머리를 뽑고 새로운 법法을 정하며 조직의 존망이 걸린 전쟁과 같은 큰일을 결정하는 것은 모든 백성이 참여합니다. 이 회의체의 이름을 「빛모임」이라 정합니다. 그리고 우두머리가 참석하는 조직 운영 회의를 「빛알모임」이라 하고, 삼정승과 조직 운영자들의 회의를 「빛살모임」이라 하고, 참모들과 실무자들만의 회의를 「빛몸모임」이라고 정합니다.

다음은 의결 방법입니다. 의결 방법은 토론이 끝난 다음, 동의同意하는 사람은 하양빛 꽃을 내 놓습니다. 반대하는 사람은 자신의 성향과 같은 꽃을 내어 놓습니다. 빨강빛 성향의 사람은 빨강빛 꽃을, 초록빛 성향의 사람은 나뭇잎을, 파랑빛 성향의 사람은 파랑빛 꽃을 그의 앞에 내 놓습니다. 회의는 참석자 모두 하양빛 꽃을 내어 놓을 때까지 계속됩니다. 모두 하양빛 꽃을 내어 놓을 때까지 설득과 절충과 양보를 이끌어 내기 위하여 토론합니다. 지루하지만 최선을 이끌어 내기 위한 것이니 회의에 참석한 사람들은 즐거운 마음으로 토론합니다.

긴 시간 끝에 모든 참석자들이 하양빛 꽃을 내어 놓습니다. 회의 안건이 의결되었습니다. 회의에 참석한 모든 사람들이 찬성했습니다. 「만장일치」입니다. 큰 회의든 작은 회의든 의결은 만장일치로 정합니다. 만장일치로 하는 의결 방법이 비능률처럼 보이지만 가장 완벽한 의결 방법입니다. 이것은 나중에 화백化白회의라고 했습니다. 만장일치로 회의가 끝나면 잔치를 벌입니다. 셋三의 마음이 하나—의 마음으로 합쳐진 것을 축하하는 잔치입니다.

2. 반反

세월이 흘러 빛사람의 세상에도 변화가 생깁니다. 요즈음의 빠른 변화에 비하면 작은 변화지만 만장일치로 의결하기가 간단하지 않은 상태로 변화됩니다. 사람의 숫자가 늘어납니다. 사람의 숫자가 늘어나면 사람과 사람 사이의 이익에 관한 대립이 생겨납니다. 대립이 생겨나면 나쁜 울림이 일어나 좋은 울림을 약화시킵니다. 나쁜 울림이 울리기 시작하면 사람의 심성心性은 조금씩 거칠어지기 시작합니다.

한 사람의 구성이 근본적으로 삼원빛이니 가장 온전한 사람은 삼원빛의 구성 비율 33.33…3%씩 맞습니다. 그리고 빨강빛으로 편향된 사람이라도 1% 미만의 편중입니다. 빨강빛 편향의 사람이라는 것은 빨강빛이 34.33…3%가 되면 파랑빛이나 초록빛 가운데 하나는 32.33…3%가 됩니다. 그러면 현재나 과거 전통을 생각하는 마음보다 미래 진취적인 생각이 우선이 됩니다. 파랑빛, 초록빛으로 편중된 사람들도 그와 같습니다.

심성이 거칠어지면 편중 비율도 비례합니다. 빨강빛으로 5%만 편중되면 현재, 과거의 전통은 무시하고 새로움만 보입니다. 그런 시각과 생각이 되면 생각은 이념이나 주의主意로 경직되고, 경직된 사람들이 많아지면 무리를 이루게 됩니다. 큰 하나의 조직 속에서 작은 조직으로 분화가 됩니다. 빛사람들도 세 갈래로 분화합니다.

파랑빛 성향의 무리 = 보수당

초록빛 성향의 무리 = 중도당

빨강빛 성향의 무리 = 진보당

세 갈래의 무리로 나뉘면서 「빛회의」의 토론이 격렬해집니다. 토론이 격렬해질수록 「만장일치」의 의결은 점점 멀어집니다. 조직의 속성은 조직의 이익을 우선한다는 것입니다. 하나의 큰 조직 속의 작은 조직원들은 작은 조직의 이익 때문에 눈이 멀어 큰 조직의 이익을 깜박 잊게 됩니다. 이럴 때 국가라고 하는 큰 하나의 조직은 위기입니다.

「빛회의」는 며칠씩 이어집니다. 토론의 격렬만 있고 「만장일치」는 없습니다. 모든 운동엔 포화 상태의 지점이 있습니다. 격론의 회의가 포화 상태가 되면 어느 한 무리가 회의장을 박차고 나갑니다. 회의 결렬입니다. 그런데 재미있는 것은 회의장을 박차고 나가는 무리는 대체로 빨강빛 성향의 무리입니다. 그들의 몸속 운동이 상향이며 생각이 미래와 새로움으로 가득 찬 역동성 에너지 때문입니다.

회의장 안에서 하던 회의는 결렬이 되었지만 밖에서 세 무리가 대치한 상태로 이상한 회의가 새로 시작됩니다. 세 무리의 대표들을 서로 상대의 진영에 보내 의견을 조율합니다. 떨어져 의견을 조율하다가 새로운 포화 상태, 회의장에서보다 더 큰 포화 상태에 이르면 무력 충돌이 일어나고 맙니다. 전쟁입니다.

하나의 큰 조직원끼리 자신이 속한 작은 조직의 이익을 위하여 전쟁을 합니다. 하나의 큰 조직이 사라지면 작은 조직은 덤으로 사라지는 규칙을 잠시 잊습니다. 그리고 전쟁을 열심히 합니다. 눈먼 조직끼리의 전쟁이니 잔혹한 전쟁으로 치닫습니다.

3. 합合

생명체의 운동에 최고로 높이 올라가는 포화 상태의 고점高點이 있다면 가장 낮은 자리로 하강하는 저점邸店이 있습니다. 전쟁이 운동의 고점이라면 휴전이나 종전은 저점입니다. 전쟁은 끝이 있습니다. 전쟁이 끝났습니다.

전쟁이 끝났다는 것은 어느 한 무리가 다른 무리의 의견에 합의했다는 뜻입니다. 과정이 좀 길고 거칠었지만 합의合意가 이루어졌습니다. 지금의 말로 하면 항복입니다. 항복한 무리들은 합의의 표시로 하양빛 꽃을 한송이씩 들고 대치하던 곳에서 나옵니다.

전쟁에서 승리한 무리들도 하양빛 꽃 한 송이씩 들고 맞은편에서 걸어 나오는 항복한 사람들을 맞이합니다. 회의체의 구성원인 삼원빛 가운데 빨강빛의 무리가 뛰쳐 나가서 하양빛이 될 수 없었는데 이제 빨강빛 무리들이 합의하여 합쳤으니 삼원빛이 되어 순백의 하양빛이 된 것입니다.

전쟁에 승리한 무리와 항복한 무리가 어우러져 잔치를 합니다. 하양빛을 잃었다는 것은 삼원빛이 아니며, 삼원빛이 아니라는 것은 생명체가 아닙니다. 승리한 자나 항복한 자나 전쟁을 하는 순간은 생명체가 아니었습니다. 이제 온전한 생명체가 되었습니다. 그들의 잔치는 승리의 잔치가 아니라 온전한 생명체로 돌아온 모두들을 위한 잔치였습니다.

「빛魂」의 순리와 원리를 알았던 빛사람들은 전쟁에서 진 무리들을 학대하거나 반대 무리를 이끌었던 우두머리, 즉 적장을 죽이거나 가두지 않았습니다. 왜냐하면-그들까지 있었을 때-온전한 생명체, 온전한 조직이 되기 때문입니다. 항복한 그들은 온전함을 이룩한 주연이기도 합니다. 빛사람들은 그것을 알고 있습니다.

빛사람들이 합의의 어려움을 겪으면서도 조직원을 성향이 다른 세 종류로 구성하는 것은 조직의 생명력 때문입니다. 한

가지 성향의 사람들로 조직을 만들면 편한 줄 압니다. 생각이 같으니 의기투합하여 회의도 간단히 결말에 이를 수 있습니다. 그러나 그것은 생명체의 구성과 맞지 않습니다.

조직은 사람들로 구성되어 있으니 생명체입니다. 조직의 생명은 역동성이며 제어력입니다. 빨강빛 성향의 사람들로만 조직을 만들면 새로운 것, 미래의 것을 찾아 정신없이 내달리다 현재의 것들을 유지하지 못해 망하고 맙니다. 개혁과 혁명을 하다 망합니다.

파랑빛 성향의 사람끼리 조직을 만들면 전통에 갇혀서 미래로 나아가지 못합니다. 초록빛 성향의 사람들로 조직을 만들면 미래와 전통이 잘려 나가서 오늘의 현재에서 맴돌다 끝이 납니다. 한 조직에 세 가지의 성향을 가진 사람들이 있어야 미래와 현재와 전통의 균형이 맞습니다. 승용차의 엑셀러레이터와 브레이크의 균형이 맞아야 하듯 조직도 그렇습니다.

한 조직을 이루는 각기 다른 세 그룹은 서로 보완과 견제 역할을 합니다. 보완은 휴식입니다. 견제는 긴장입니다. 긴장은 활력의 원료입니다. 활력은 조직의 운동성입니다. 운동성의 소멸은 사망입니다. 작은 조직이거나 큰 조직이거나 모든 조직은 삼원빛 구성으로 되어야 수명이 영원히 이어집니다.

「빛魂」의 운동성은 영원하기 때문입니다. 빛사람들의 조직 형태는 「빛 三·一」를 기본으로 완성되었습니다. 「빛 三·一」에서 빛 셋三이 회의의 구성원 성분이며 빛 하나一가 의결 방법이 되었습니다. 이제 조직을 잘 운영만 하면 됩니다.

4. 「빛 三·一」의 사람 품격品格

빛사람들이 다시 빛모임을 시작합니다. 지구 위에 사람이 살기 시작한 이래 처음으로 조직을 만들어 경영을 해 보니 보완하고 새로 갖추어야 할 것들이 참 많습니다. 조직체와 회의체와 의결 방법과 구성원의 신분 식별이 가능한 옷을 정해서 경영을 해 보니 일을 맡아서 하는 사람들의 문제가 나타나기 시작합니다. 빛사람들은 알아가기 시작합니다. 조직은 시스템이 아니라 사람이 중요하다는 것을 알기 시작합니다. 조직을 경영하는 것은 사람이기에 좋은 사람을 선별하여 조직의 일을 맡기는 것이 좋은 조직을 만들어 유지하고 발전시키는 첫 번째 조건이라는 것을 알게 되었습니다. 빛사람들은 사람의 차이에 대하여 의논을 시작합니다. 빛사람들의 삶의 기준이 「빛 三·一」이니 사람의 차이를 의논하는 것도 「빛 三·一」가 근본입니다.

① 생명력生命力의 질량

조직의 일을 감당하려면 생명력이 강해야 합니다. 생명력이 사고력이며 활동력이며 유지력입니다. 생각은 많은데 움직이지 못하면 소용이 없습니다. 움직임도 지속적이지 못하면 조직이 돌아가지 않습니다. 조직의 일을 맡는 사람의 첫째 조건이 강한 생명력입니다. 강한 생명력의 순서를 의논합니다.

「빛魂」이 엄마 자궁에 잉태가 되었습니다. 약 열 달 동안 자궁 안에서 세포분열과 통합운동 끝에 이 세상에 태어납니다. 태어난 아기는 20세 중반까지 성장합니다. 여기에서 「빛魂」으로 있을 때와, 엄마 자궁에 있을 때, 태어났을 때, 어른으로 다 성장했을 때의 생명력(에너지)의 질량은 같습니다. 생명력의 질량이 같을 때에는 큰 것보다는 작은 것이 강합니다. 그러므로 강한 순서로 말하면 「빛魂」, 엄마의 자궁에 잉태한 순간, 세포로 변화할 때, 태어난 순간, 다 성장한 상태입니다. 이것을 정리해 봅니다.

1번. 빛魂 = 혼의 상태로 있을 때,

2번. 빛알 = 엄마 자궁에 수태한 순간,

3번. 빛살 = 태내에서 세포분열 할 때,

4번. 빛몸 = 이 세상에 태어났을 때,

생명력의 강약을 나누는 것은 크기입니다. 빛魂은 눈에 보이지도 않을 만큼 작지만 태어난 아기는 안을 수 있을 만큼 큽니다. 빛魂의 무게가 1g이라고 한다면 태어난 아기의 몸무게는 3000g입니다. 3000배 커졌다는 것은 생명력의 질량이 3000배 부풀었고 그 밀도는 그만큼 희석되었다는 뜻입니다.

생명력의 질량과 크기를 도표로 정리해 봅니다.

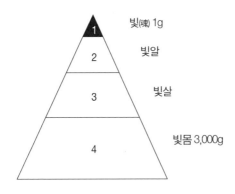

빛魂은 파동이 모인 파장으로 존재합니다. 빛魂이 1g에서 3000g으로 생명력이 부풀어 커졌다는 뜻은 파장운동의 폭이 상승하였다는 뜻입니다. 빛魂의 파장이 몸을 가진 뒤에 마음(心)이라는 것으로 나타납니다. 몸이 크다는 것은 마음도 그만큼 부풀어 있다는 증거입니다. 마음이 잔잔할 때 파장의 폭은 낮게 운동하며 마음이 거칠어지면 파장의 운동 폭은 높아집니다. 동물들이 싸울 때 깃털을 세우거나 소리가 커진다는 것은 몸 안에서 운동하고 있는 파장의 폭이 높아져 마음이 거칠어졌다는 뜻입니다. 몸의 크기와 파장운동을 정리해 봅니다.

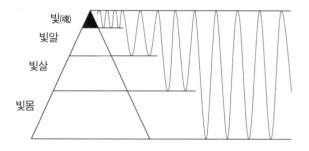

빛사람들은 모든 생명체들 생명력의 강약은 몸과 목소리의 크고 작음에 관계가 있다고 결론을 맺습니다. 빛사람들은 조직의 일을 맡길 사람을 순서대로 정해 놓습니다. 1단계 후보들입니다. 도표로 정리해 봅니다.

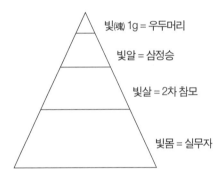

빛(魂) 1g = 우두머리

빛알 = 삼정승

빛살 = 2차 참모

빛몸 = 실무자

빛사람들은 작은 것이 우성이며 큰 것이 열성이라는 것을 확연히 알았습니다. 환경이 급변하면 몸이 큰 생명체부터 도태가 되는 것도 많이 보았으니 실감합니다. 빛사람들은 자신의 조직도 작게 만들어서 경영하기로 다짐합니다.

빛사람들은 다시 의논을 시작합니다. 생명력이 강하다는 것은 조직의 일을 맡을 수 있는 기본조건이지 그것으로 충분하지 않습니다. 빛사람들은 사람의 품격品格을 결정짓는 요소들을 의논합니다.

② 시각視角

사람은 생각한 만큼 볼 수 있고, 생각한 것만 봅니다. 반대로 눈에 보이는 것만큼 생각하게 되고 보이는 것을 가장 먼저 생각하게 됩니다. 사람에게 본다는 것은 중요합니다.

사람의 품격의 높낮이를 결정 짓는 요소 가운데 하나가 시각입니다. 얼마나 멀리 보고, 깊이 보고, 넓게 보느냐에 따라 깊은 생각과 넓은 생각과 장래의 것들을 생각할 수 있습니다. 「빛 三·一」의 기준에 맞추어 시각의 높낮이의 차이를 정합니다. 「빛 三·一」의 모습을 정삼각형의 형태로만 보았는데 시각의 차이를 보기 위하여 원의 형태로 그려 봅니다. 이것은 빛魂에서 태어남까지의 변화도이기도 합니다.

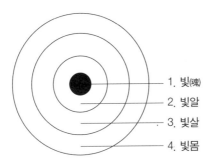

1. 빛(魂)
2. 빛알
3. 빛살
4. 빛몸

1번부터 4번까지 시각의 차이를 나타내는 그림을 한번 더 그려야 되겠습니다.

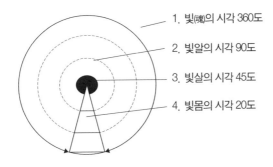

1. 빛(魂)의 시각 360도
2. 빛알의 시각 90도
3. 빛살의 시각 45도
4. 빛몸의 시각 20도

시각의 각도에 따라서 넓게 보고 멀리 볼 수 있습니다. 보는 시각의 차이가 1도가 났을 때, 시선이 닿는 지점의 거리와 넓이는 엄청나게 많은 차이를 만듭니다. 그 차이가 사람의 품격의 차이입니다.

다음은 깊이를 보는 순서입니다. 모든 사물은 몸이 있고 마음이 있습니다. 깊이를 본다는 것은 눈에 보이는 몸속에 눈에 보이지 않게 존재하는 마음을 보는 눈입니다. 도표로 그려 봅니다.

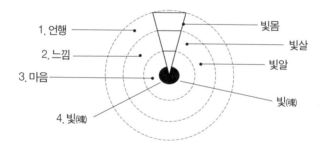

눈의 깊이가 있는 빛과 같은 사람은 4번처럼 상대방의 혼을 볼 수 있는 사람이며, 빛알과 같은 깊이의 눈을 갖고 있는 사람은 상대의 마음을 볼 수 있고, 빛살과 같은 사람은 2번처럼 상대

의 느낌을 볼 수 있고, 빛몸과 같은 사람은 상대의 몸과 언행言行 만 볼 수 있습니다. 겉만 볼 수 있고 속을 볼 수 없다면 조직의 일을 하기에는 적합하지 않습니다. 멀리 보는 시각이란 미래를 보거나 예측하는 준비의 마음이며, 넓게 본다는 것은 포용의 마음이며, 깊이 본다는 것은 배려의 마음입니다. 무인도에서 혼자 살지 않는 한 이 세 가지의 마음은 자연인은 물론 조직의 일을 할 사람이라면 꼭 갖추어야 할 요소입니다.

강한 생명력(에너지)과 좋은 시각을 갖추었다고 해도 조직의 일을 맡기엔 아직 모자랍니다. 강한 생명력과 좋은 시각 외에 더 필요한 것이 있습니다.

③ 안목眼目

시각과 안목은 눈으로 본다는 뜻에서는 같습니다. 그러나 시 각은 눈으로 보는 것이고, 안목은 눈으로 본 것을 선별해 내는 것을 뜻합니다. 눈으로 본 것들을 선별해 낼 수 없다면 아무리 시력視力이 좋거나 시각이 충분히 확보되었다고 해도 쓸모가 별 로 없습니다.

선별이란 선택입니다. 흑백黑白 가운데 하나를 선택해야 할 경우도 있고 여러 개 가운데 하나를 선택해야 할 경우도 있습니다. 어떤 때는 버려야 할 것을 선택해야 하고, 어떤 때는 남겨야 할 것을 선택해야 할 경우도 있습니다. 선택하기 바로 전의 순간이 갈등입니다. 안목이 섬세하지 못하면 갈등의 시간이 길어집니다. 갈등의 시간이 길어지면 좋은 기회를 잃습니다. 우두머리에게 필요한 안목은 아무리 어려운 선택이라도 1분 안에 갈등을 끝낼 수 있어야 합니다. 우두머리의 갈등이 길어지면 무리의 존재가 위태로워집니다. 안목은 자연인에게도 중요하지만 책임이 큰 일을 하는 사람일수록 중요합니다.

조직의 일을 맡아서 하는 사람들은 일의 경중을 떠나서 모두 경영인입니다. 경영인은 필연적으로 4가지를 경영해야 합니다. 첫째가 사람입니다. 처음 본 사람이라도 그 사람의 빛魂이 맑은지, 아니면 탁한지, 그리고 빛魂이 연한지, 질긴지 선별해 내는 안목이 있어야 합니다. 빛魂은 사람의 원료입니다. 지금의 언행 속에 숨어 있는 원료를 알 수 있어야 합니다. 언행은 연기하여 위장할 수 있지만 원료는 잘 변하지 않습니다. 빛魂이 연하고 맑더라도 지금 일에 적합할 만큼 잘 가공加工이 되어 있는지 선별할 수 있어야 합니다. 좋은 원료라도 가공이 잘 되어 있지 않다면 지금 당장 일에 쓸 수 없습니다. 그런 사람은 사적으로 함께 놀면 됩니다. 원료는 좋은데 가공이 되어 있지 않은 사람은 가공이 잘 될 때까지 예비창고에 놓아 두어야 합니다. 조직의 첫째가 사람이니 사람을 선별하는 안목이 뛰어나야 일을 할 수 있는 사람이라 할 수 있습니다.

두 번째가 시간입니다. 시간은 비물질입니다. 비물질이면서 물질을 일구어 내는 모태母胎입니다. 시간은 보이지 않는 마디와 마디 사이의 빈 공간으로 이루어져 있습니다. 사다리와 같습니다. 사다리가 빈 공간이 있기 때문에 사다리라 하며, 오르고 내리는 도구가 됩니다. 사다리의 공간을 메꾸어 버리면 미끄럼틀이 됩니다. 그림으로 봅니다.

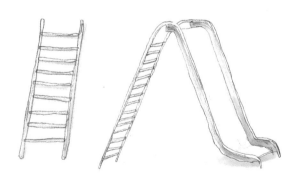

시간의 마디와 빈칸은 자유자재로 조정해 사용합니다. 사람들 모두 그 나름대로 시간의 마디와 빈칸을 조정해 사용할 수 있기 때문에 시간의 경영은 쉽고, 쉬운 만큼 어렵습니다.

시간은 「때」입니다. 물러가고 나아갈 때, 파종과 수확의 때를 맞추지 못하면 애만 쓰고 효율이 없습니다. 일할 때와 놀 때가 혼돈에 이르면 질서가 없어집니다. 뽑을 때와 더 보태줄 때, 비료를 주고 잡초를 제거할 때를 맞추지 못하면 수확이 줄어듭니다. 시간의 실체를 안다는 것은 때를 아는 안목입니다. 때를 모르면 사다리가 미끄럼틀이 되어 시간이 조직을 곤두박질시켜 파산에 이르게 합니다. 조직의 일을 맡은 사람은 시간의 마디와 빈칸의 조율 안목이 있어야 합니다.

셋째, 돈입니다. 폭넓게 재물이라고 할 수도 있습니다. 돈은 생명체에게 꼭 필요한 산소이며 혈액이며, 병이 났을 때 필요한 약재이기도 합니다. 돈은 남아서 넘칠 때보다 모자랄 때가 더 많습니다. 사용해야 할 돈은 많은데 액수가 적다면 사용처의 우선순위를 정해야 합니다. 돈을 사용하는 우선순위를 정하는 안목은 돈의 효율을 상상도 못할 만큼 높여 줍니다.

수술을 할 때 수혈을 하지 못하면 환자가 죽습니다. 사람이 아플 때 필요한 시기에 알맞은 약을 제때에 사용하지 못하면, 환자가 죽든지, 병이 위중하게 되어 더 많은 치료비가 들게 됩니다. 돈은 필요할 때 사용되어야 효율이 높습니다.

갚을 돈의 약속도 지켜야 하지만, 꾸어 주기로 한 약속은 더 잘 지켜야 합니다. 돈은 혈액이며 약이기 때문입니다. 꾸어주기로 한 약속을 어기면 그 돈을 기다리던 조직과 사람은 죽거나 살아 있다고 해도 치료 비용이 몇 배로 늘어날 수 있습니다. 갚을 돈의 약속을 어겼을 때 받는 불이익만큼, 꾸어준다는 약속을 어겼을 때도 불이익을 받아야 합니다.

돈의 소중함과 돈의 쓰임새의 실체와 돈을 사용하는 우선순위를 선별하는 안목이 있었을 때, 조직을 경영하는 사람이 될 수 있습니다. 돈과 재물은 천박한 것이라 여기는 사람은 정신만 강조하다가 조직을 망가뜨립니다.

네 번째, 흥입니다. 조직원들이 자신의 능력을 마음껏 펼칠 수 있도록 해 주는 안목이 있어야 합니다. 먹고, 마시고, 뛰게 만드는 「흥」은 동물적입니다. 사람도 동물과이니 그런 기본은 있어야 하겠지만 그것으론 충분치 않습니다. 조직원을 부풀게 하여 거칠게 만드는 「흥」은 하급입니다.

박장대소하게 하는 「흥」은 오래 가지 못합니다. 잔잔하게 미소 짓게 하는 흥이 오래 갑니다. 펄펄 달아오르게 하는 뜨거운 「흥」도 오래 가지 못합니다. 따뜻함을 느끼게 하는 「흥」이라야 오래 갑니다. 잔잔하게 미소 지으며 따뜻함을 느끼는 「흥」의 세 가지가 있습니다.

첫째, 인정해 줍니다. 이 세상의 모든 사람은 인정받고 싶어 합니다.

둘째, 존중해 줍니다. 인정을 받고 나면 존중받고 싶어합니다.

셋째, 존경합니다. 인정 받고, 존중 받고 나면 마지막으로 존경받는 사람이 되고 싶어합니다. 존경해 줍니다.

안목이 있는 사람이라면 조직원을 선정할 권리가 있을 때, 인정해 줄 수 있고, 존중해 주고 싶고, 존경할 만한 사람들을 뽑습니다. 자기가 직접 선발하지 못하고 조직원을 물려받았다면, 현재 있는 조직원들의 됨됨이에서 인정하고, 존중하고, 존경할 만한 장점을 빠른 시간 안에 찾아 냅니다. 그것이 「흥」 가운데 가장 품격이 높은 「흥」이며 훌륭한 안목입니다. 안목의 요소들을 생명체에 비유해 정리해 봅니다. 사람은 조직의 구성원이니 몸통이며, 시간과 돈과 「홍」은 생명체를 살아 있도록 유지시켜 주는 3대 요소입니다. 조직과 생명체와의 관계는 한 가지의 공통점이 있습니다. 죽지 않고 살아 있어야 발전의 기회가 있다는 것입니다. 정리해 봅니다.

사람 = 조직의 몸통生命體 = 선별 안목

시간 = 조직의 수분水分 = 때의 안목

돈 = 조직의 양분養分 = 우선순위 안목

「홍」 = 조직의 온도溫度 = 상대인정 안목

좋은 안목을 지녔다고 해도 조직의 중요한 일을 맡기엔 아직 1%가 모자랍니다. 모자라는 1%를 찾아 봅니다.

④ 균형

빛사람들은 사람의 품격을 결정 짓는 요소들을 충분히 의논하여 종합하였습니다. 이제 1%의 모자라는 부분을 갖추면 사람의 품격을 결정 지을 수 있습니다. 사람의 품격이라고 할 때의 「품격」의 의미는 물질, 만들어진 상품, 사람의 품위의 높낮이를 정하는 등급을 말합니다. 1등급, 2등급으로 나누는 것입니다.
품위의 등급을 정할 때는 크게 두 가지로 봅니다. 첫째, 원료가
1등급인가? 두 번째, 1등급으로 가공이 잘 되었는가? 사람의 품
격을 말할 때도 그와 같습니다. 사람의 품격을 정하는 원료는
빛魂입니다. 빛이 마음→느낌→생각→언행으로 변화하여 나타
나기 때문에 빛魂의 원료가 1등급이면 언행으로 나타나는 품위
도 1등급으로 나타납니다. 빛魂은 파장으로 존재하기 때문에 파
장의 높낮이로 품격을 정해 봅니다.

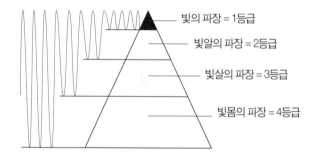

그림에서처럼 파장이 낮을수록 높은 등급입니다. 빛魂의 파
장의 높낮이가 사람의 품격의 등급을 정하는 원료라면, 빛의 파

장이 어떻게 운동하고 있는가를 보는 것은 가공 상태를 확인하는 기준입니다. 파장운동은 한결같은 상태의 운동을 유지하는 것일수록 등급이 높습니다. 빛魄의 파장이 높낮이가 같은 1등급이라도 파장운동을 유지하는 상태는 다릅니다. 그림으로 봅니다. 빛알의 상태로 봅니다.

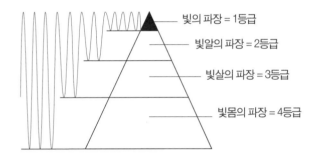

빛의 파장 = 1등급
빛알의 파장 = 2등급
빛살의 파장 = 3등급
빛몸의 파장 = 4등급

  원료가 같은 2등급이라도 파장운동의 상태에 따라 2등급 안에서 다시 1, 2, 3, 4등급으로 재분류가 됩니다. 이것이 원료와 가공의 관계이며 1%의 차이입니다. 1등급에서 4등급으로 나뉘는 분수령이 1%의 차이이기 때문에 4등급에서 3등급으로 격상

시키기가 쉽고도 어렵습니다. 1%의 정체는 운동의 균형입니다. 빛파장운동의 균형이 어긋났을 때 생기는 현상을 봅니다.

생명력生命力이 가장 강한 1급의 원료를 가진 사람의 파장운동이 불균형을 이루면 그가 보는 시각과 안목은 객관성을 잃고 주관적이 됩니다. 선별과 선택이 극단으로 흘러서 고집스러워집니다. 합리적인 경영은 어렵고 개혁이나 혁명을 하려는 아집이 강합니다. 자신의 시각, 안목, 선택이 이 세상에서 최선의 것이란 함정에 빠집니다. 생명력(에너지)이 강하면 강할수록 아집과 독선에 빠지는 현상은 비례합니다. 이런 상태의 사람이 조직의 경영을 맡으면 하루도 편할 날이 없습니다. 조직원들이 매우 불편합니다. 끝에는 조직이 망합니다.

이런 유형의 우두머리들은 조직원의 「흥」을 살려 낼 줄 모릅니다. 나를 따르라고 외치며 조직원을 끌고 가거나 몰고 가며 자기의 템포를 맞추지 못하면 질타를 하고 면박을 줍니다. 조직원들의 생명력이 자신의 생명력보다 약하여 자신의 행보에 보조를 맞출 수 없다는 생각은 꿈에도 못합니다. 이런 유형의 사람이 조직의 우두머리가 되면 조직과 조직원에게 재앙입니다.

원료와 가공의 상태가 좋은 사람들의 일하는 모습을 유형별로 보면, 1등급의 사람은 빛魂과 같이 모습없이 조직을 경영합니다. 빛魂은 존재하지만 모습이 없습니다. 2등급의 사람은 앉아서 조직을 경영합니다. 빛알과 같은 사람이니 엄마의 자궁에 잉태해 있지만 아직 모습은 밖에 보이지 않습니다. 3등급의 사람은 서서 왔다 갔다 하며 경영을 합니다. 빛살과 같은 사람입니다. 4등급의 사람은 뛰어다니며 조직을 경영합니다. 빛몸의 사람이기 때문입니다. 이렇게 조직을 경영하는 형태의 차이를 개성이거나 성격이어서 사람마다의 고유성이라고 하지만, 이것은 한마디로 사람 품격의 등급 차이입니다. 이 설명을 간략하게 도표로 봅니다.

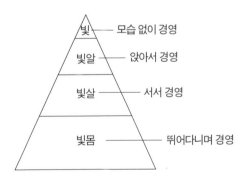

진리의 응용 「빛 셋 · 하나ㅌ · ㅡ」 **91**

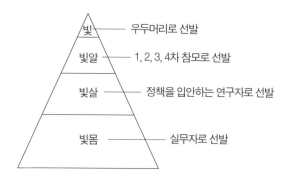

빛사람들은 빛꽤이라는 원료와 원료가 운동하는 상태인 파장의 균형이 얼마나 중요한지 알았습니다. 빛사람들은 조직의 일을 맡는 사람들의 선정 기준을 만들어 냅니다.

빛사람들은 빛꽤을 눈으로 볼 수 있으니 확연히 압니다. 빛꽤의 파장은 변화한다는 사실을 알고 있습니다. 조직의 일을 맡는 기간을 1년으로 합니다. 파장운동의 변화에 따라 맡는 일을 바꿉니다. 이렇게 사람의 품격을 정하는 방법이 나중에 이렇게 변화되어 굳어집니다.

사람의 품격을 나누는 방법으로는 최선의 방법입니다. 나중

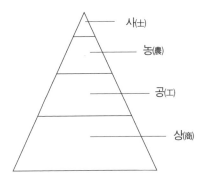

에 사, 농, 공, 상으로 바뀌면서 1년마다 심사하여 재조정하지 않고 대대로 세습하며 영구불변의 사회체제로 만들었다는 데서 문제가 심각해졌습니다. 이 세상에 변화하지 않는 것은 단 한 가지도 없다는 사실을 잊은 발상입니다. 제도의 발상은 옳았는데 실행이 잘못된 것입니다. 이것이 바로 원료는 좋아도 운동의 균형은 언제나 잃을 수 있다는 사실을 제대로 살피지 못한 결과입니다.

사람의 품격의 차이가 1%라고 했지만, 사실은 더 미세한 차이로 품격의 등급이 차이가 납니다. 오랑우탕과 사람의 DNA의 차이, 즉 원료의 차이는 2%라고 합니다.

이것을 도표로 보면 이렇습니다.

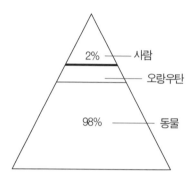

이 도표에서 보듯이 사람과 사람의 품격의 차이는 2% 안에서 나누어집니다. 현재 60억의 사람이 있다면 2% 곱하기 60억을 해 보면 한 사람과 한 사람의 품격 차이는 30억분의 1%로 결정됩니다. 60억의 사람들 가운데 1등급과 60억 등급의 사람의 품격 차이는 2%며, 60억 등급의 사람이 자칫 파장운동의 균형을 잃으면 오랑우탕이 된다는 말입니다. 사람과 오랑우탕의 넘나들이입니다. 사람과 사람의 품격의 차이는 일의 효율의 차이입니다. 일이 아니라 그냥 생존하는 상태로는 대동소이한 상태이

니 크게 보면 평등합니다. 그러나 일의 경중과 예우의 경중은 품격에 알맞아야 옳습니다.

생명체만큼 아름다운 보석이 이 세상엔 없습니다. 특히 사람은 더 아름답습니다. 사람의 혼은 초록+파랑+빨강빛으로 만들어져 있습니다. 이 세상 보물들 가운데 그렇게 구성된 보물은 없습니다. 사람의 육체도 아름답기는 마찬가지입니다. 사람의 살과 뼈는 노랑+파랑+빨강으로 구성되어 있습니다. 이런 보물도 없습니다. 빛사람들은 그 아름다움을 말이 아니라 늘 눈으로 보며 삽니다.

빛사람들의 결론입니다. 가장 아름다운 조직, 강한 조직은 조직원들 스스로 자신을 알고 상대를 알아서 자신의 위치를 스스로 정하는 것입니다. 이 사람은 나보다 품격이 한 단계가 위이니 나는 그 사람 밑에서 일을 하겠다고 생각합니다. 이렇게 조직원 스스로 자기의 품격에 알맞은 자리에 앉아서 결성되고 운영되는 조직이 가장 아름답고 강한 조직입니다. 힘 있는 우두머리의 사령장으로 구성된 조직에 비할 바가 아닙니다.

빛사람들은 조직과 사람의 관계 정립을 마칩니다. 조직을 다 마쳤으니 이제 놀 일을 생각합니다. 어떻게 노는 것이 생명체의 정수인 「빛 三·一」이 알맞은 것일까? 빛사람들은 「빛놀이」를 생각하기로 하고 잠시 쉽니다.

5. 「빛 三·一」의 빛놀이

빛사람들이 또 다시 모여 앉아서 「빛모임」을 시작합니다. 그 동안 놀이의 형식이나 놀이의 기준을 정하지 않았어도 잘 놀았 습니다. 진달래꽃의 아름다움에 취해서 놀고, 보름달이 떠오르 면 달빛에 취하여 놀았습니다. 새삼스레 「빛 三·一」의 기준에 맞춘 놀이 방법을 갖추지 않아도 잘 놀았지만 이왕에 삶의 기준 을 「빛 三·一」에 맞추었으니 놀이도 「빛 三·一」에 어울리는 형 태를 만들어 보려고 빛모임을 시작했습니다.

빛사람들은 생각합니다. 빛魂이 육체로 변화하여 이 세상에 태어나게 되면 크게 세 가지의 특성이 있습니다. 모든 사람들, 모든 생명체들의 3대 구성 요소입니다.

1. 형상 2. 소리 3. 냄새

빛魂이 육체로 변화하려면 세 번의 변태를 거쳐야 합니다. 정자와 난자의 결합으로 수태하는 순간입니다. 첫 번째의 빛魂의 변화입니다. 첫 번째로 변화된 빛魂을 「빛알」이라 하며, 두 번째의 변태는 빛알이 살로 분화하기 시작합니다. 빛알이 살로 변화된 것을 「빛살」이라 합니다. 「빛살」이 약 열 달 동안 분화되고 통합되는 반복운동 끝에 이 세상에 태어나게 됩니다. 세 번째의 변화로 만들어진 것을 「빛몸」이라 합니다. 빛→빛알→빛살→빛몸의 변화 순서로 빛魂이 육체화됩니다. 생명체의 3대 구성 요소가 어디에서부터 비롯되었는지 빛魂이 육체로 변화하는 과정과 대비시켜 보겠습니다.

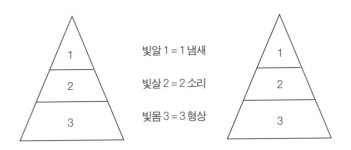

빛알은 엄마의 자궁 안에 있지만 보이지 않습니다. 냄새도 있지만 형상은 없습니다. 「빛알=냄새」는 같습니다. 빛살도 우리의 몸속에 가득하지만 손으로 만져지거나 보이지 않습니다. 소리도 그와 같습니다. 사람이 내 놓는 소리는 있지만 만져지거나 눈에 보이지 않습니다. 빛살과 소리는 귀로 확인할 수 있습니다. 「빛살=소리」는 같습니다. 빛몸은 만질 수 있고 볼 수 있습니다. 모든 형상들도 만지고 볼 수 있습니다. 빛몸과 형상은 같습니다.

빛魂이 빛알→빛살→빛몸으로 변화 과정을 거칠 때마다 각각 냄새, 소리, 형상을 남겼습니다. 생명체의 3대 구성 요소는 빛魂이 변화 과정 마디마디마다 지문처럼 각기 다른 흔적을 남겼습니다.

빛사람들은 빛魂이 변화하여 나타난 형상과 소리와 냄새를 가지고 노니는 것이니 이름을 「빛놀이」라고 짓습니다. 빛사람들은 생명체의 형상인 빛몸으로 노니는 방법을 생각하기 시작합니다.

① 형상形像

빛魂은 파장의 덩어리입니다. 파장은 음률이 본능입니다. 빛
魂이 변화하여 육체로 형상화되었으니 사람의 몸은 음률이 본능
으로 출렁이고 있습니다. 빛魂의 파장이 마음이며 느낌입니다.
마음과 느낌이 몸 안에 가득합니다. 희·노·애·락이 느껴지
면 파장은 높낮이가 증폭됩니다. 파장의 높낮이가 증폭되면 몸
의 음률도 증폭됩니다. 몸을 움직이게 됩니다. 빠르게 혹은 느
리게, 또는 격렬하게, 어떤 때는 잔잔하게 움직입니다. 그렇게
나타나는 것이 춤입니다.

빛사람들은 그동안 진달래꽃 속에서, 달빛 속에서 희·노·
애·락의 파도에 몸을 띄워 자유자재로 노니는 춤을 추었습니
다. 파장이 파도인지, 파도가 파장인지, 몸이 파도인지, 파도가
몸인지 분간이 가지 않을 정도로 무아지경의 춤을 추었습니다,
그 춤도 재미있었습니다. 그러나 삶의 기준이며 기본인 「빛
三·一」를 정립해 놓았으니 춤도 「빛 三·一」에 맞추어 정립해
보려고 합니다. 춤의 기본틀을 만듭니다.

사람은 생명체입니다. 생명체인 사람이 자연이란 생명체 속
에서 살아갑니다. 이 세상은 생명체의 집합체입니다. 생명체의

집합 속에서 살아가니 춤은 생명체를 나타내기로 합니다. 생명
체는 너나없이 모두들 태어남, 성장, 늙음, 죽음이 있습니다. 태
어남과 성장과 죽음을 표현하는 것을 춤의 골격으로 삼기로 합
니다.

생명체의 원료는 빛魂입니다. 존재하지만 저 허공에 보이지
않게 존재합니다. 춤은 빛魂으로부터 시작합니다. 빛魂은 보이지
않으니 춤마당에 앉은 채 납작 엎드려 두 팔을 옆으로 쫙 폅니
다. 그리고 미세한 율동으로 손끝과 팔의 동작을 합니다. 이것
이 허공에서 노니는 빛魂을 보여주는 춤의 시작, 빛놀이의 첫 번

째 마디입니다.

두 번째 마디는 엎드려 미세한 동작을 하던 손끝과 좌우로 벌린 두 팔의 동작을 크게 율동하여 천천히 몸을 일으켜 세웁니다. 앉은 채 두팔을 좌우로 크게 움직입니다. 율동은 점점 무르익어 갑니다. 이 두 번째 마디는 빛이 엄마 자궁에 잉태하여 태어나는 과정입니다. 엎드린 몸이 움직이기 시작한 순간이 잉태며, 몸을 움직여 바로 앉는 순간까지가 열달 후의 탄생 순간입니다. 그리고 앉은 채 팔과 몸의 율동이 더 커지는 것은 태어난 아기가 활발하게 노니는 모습입니다.

셋째 마디는 팔을 좌우로 너울짓을 하며 천천히 일어납니다. 몸을 움직여 오가기도 하지만 행동 반경이 작고 움직임도 적습니다. 셋째 마디는 아기→소년→청년으로 성장하는 과정의 모습입니다. 몸을 완전히 세운 순간이 성인成人이 된 것입니다.

넷째 마디는 성인이 되어 사랑도 하고 사랑의 상처도 받으며 숙성됩니다. 혼인도 하며 일도 합니다. 희·노·애·락의 절정기입니다. 춤추는 사람은 춤마당을 모두 사용하여 오가며, 맴돌며, 격렬하게, 때로는 숙연하게 율동을 합니다. 성인의 세상살이입니다.

　다섯째 마디는 춤마당을 가득 채우며 걷고, 뛰고, 맴돌고, 숙
연하게 또는 격렬하게 움직이던 팔과 몸의 동작은 서서히 잔잔
하게 잦아집니다. 팔의 동작도 수평 아래로 천천히 내리며 너울
짓을 합니다. 맴돌고 뛰던 율동은 사그러 들었지만 어깨짓이 은
근합니다. 이제 노년이 시작된 것입니다.

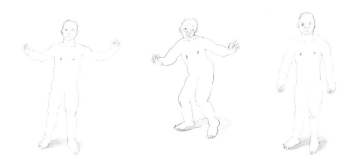

여섯째 마디는 잔잔한 몸짓을 하며 천천히 앉습니다. 앉아서 어깨와 팔로 춤을 춥니다. 천천히 늙어 가는 과정과 완전히 늙은 모습입니다. 팔을 수평 이상으로 올리지 않고 추는 춤이지만 장중하고 외경스럽습니다.

일곱째 마디는 팔의 율동을 느리게, 작게 합니다. 점점 잦아지며 몸을 앞으로 숙입니다. 팔의 동작은 경건하지만 힘들고 지쳐 보입니다. 병듦입니다. 병이 깊어지고 있습니다.

여덟째 마디는 몸을 천천히 앞으로 숙입니다. 완전 땅에 닿을 때까지 숙입니다. 지치고 힘들어 보이지만 살아온 삶에 후회가 배어나지 않는 가벼운 몸짓입니다. 몸 전체에서 숙연함과 외경스러움이 함께 빛이 납니다.

아홉째 마디는 엎드린 채 힘 없이 노닐던 팔의 율동이 점점 힘을 잃어갑니다. 동작이 멎었습니다. 침묵이 짧게 흐릅니다. 순간, 팔과 몸의 경련을 일으키더니 몸이 완전히 정지됩니다. 죽음입니다. 몸은 땅에 묻힌 듯 땅과 하나로 납작합니다. 완전히 사망했습니다. 빛魂으로 왔다가 빛魂으로 돌아갔습니다.

빛꽃에서부터 수태→탄생→아기→소년→청년→장년→노년
→병듦→사망→빛꽃으로 환원되는 하나의 동그라미 삶을 형상
화한 「빛놀이춤」이 끝이 납니다. 춤사위가 나무와 물과 구름과
학의 형상을 모방했다고 생각들 하지만, 춤은 생명체의 파장이
춤추는 모습입니다. 춤을 추어 가다 보면 자연 생명체들의 모습
이 녹아들어 갔을 수는 있습니다. 근본은 생명이며 생명 운동인
파장입니다. 빛놀이춤을 원순환으로 정리합니다.

빛사람들은 생각합니다. 빛놀이춤의 동기는 희·노·애·
락이 출렁거려서 몸이 자연발생적으로 움직이는 것입니다. 몸
이 움직인다는 것은 몸 안의 파장이 움직이는 것입니다. 춤을
추게 되는 원인, 춤을 더 흥나도록 추려면 자연 발생으로는 좀

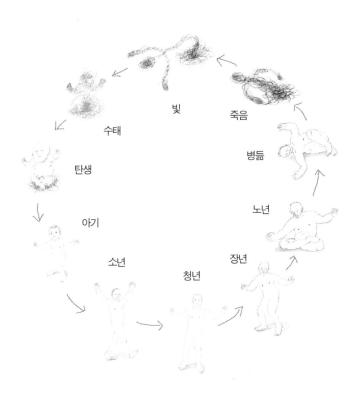

빛
죽음
수태
병듦
탄생
노년
아기
장년
소년
청년

부족하다고 느낍니다. 부족함을 인위적으로 흥이 나게 하는 좋은 방법이 없을까 생각하기 시작합니다.

춤은 거친 마음, 거친 몸을 잔잔하게 그리고 응집력 있게 만드는 것입니다. 춤을 흥나게 하는 인위적 방법이 몸과 마음을 거칠게 만들면 안됩니다. 몸과 마음을 잔잔하게 만들면서 흥나게 하는 것, 그것을 소리에서 찾기 시작합니다. 어떤 소리가 흥은 내면서 몸과 마음을 잔잔하게 유지시킬 수 있을까?

②소리

빛사람들은 느낌이 섬세합니다. 조용히 앉아서 숨을 조율을 하면 짧은 시간 안에 허공의 푸르름 속에서 유영하는 빛魄을 봅니다. 빛魄을 볼 때, 소리도 함께 듣습니다.

우주宇宙 속에서 소리가 끊임없이 울려 나오고 있습니다. 우주에 존재하는 모든 것들이 스스로 운동하며 내는 소리가 하나의 큰 울림이 되고, 큰 울림은 제각각 운동하는 원료가 되어 소리로 만들어집니다. 소리는 소리를 북돋우며 새로운 에너지가 됩니다. 우주 공간에서 울려 퍼지는 소리는 「라」 음의 소리입니다. 우주 공간은 끊임없이 「라」 음을 연주하는 하나의 큰 악기입니다.

빛사람들은 소리의 기준을 정합니다. 「도」음에서 「라」음까
지를 가장 좋은 소리의 기본으로 합니다. 「도에서 라까지」 음의
소리가 사람의 마음을 가장 편안하고 잦아지게 합니다. 우주 공
간에서 울려 퍼지는 「라」 음의 소리는 지구상에서도 끊임없이
울려 퍼지고 있습니다.

물이 돌에 부딪치며 흘러내리는 소리, 새 소리와 매미 소리,
돌멩이와 돌멩이가 부딪치는 소리, 사람의 손뼉 치는 고리, 나무
와 나무를 두드리면 나는 소리 모두 「라」 음의 소리입니다. 우주
와 지구상의 자연물이 내는 소리는 모두가 「라」 음입니다. 「라」
음은 자연自然의 소리입니다.

사람의 몸 속에서 나는 소리도 「라」 음입니다. 우주에서 있
을 때 늘 「라」 음의 소리를 들으며 지냈던 「빛魂」이 엄마의 자궁
에 잉태되었을 때, 잉태된 「빛魂」이 우주에서 유영하며 살았을
때와 똑 같은 상태로 착각할 수 있었던 것은 엄마의 자궁 안에서
듣는 소리가 모두 「라」 음이기 때문입니다.

엄마의 피돌이 소리, 심장 뛰는 소리, 위장의 운동 소리, 양수
가 출렁이는 소리가 「라」 음이기 때문에 엄마 자궁의 양수 가운

데 떠 있는 「빛魂」은 자궁을 주우로 생각하며 편안하게 아주 편안하게 지냅니다.

엄마의 자궁 가득히 차 있는 양수 가운데에 떠 있는 빛魂은 빛알로 변화하고 다시 빛살로 변화되어 세포분열과 통합을 반복하여 몸을 갖추어 가고 있습니다. 약 열 달 동안의 과정 끝에 엄마의 몸 밖, 이 세상에 태어나 나옵니다. 아기가 이 세상에 나올 때 내는 첫 소리가 「라」 음입니다. 「으앙」 하고 우는 아기의 소리는 가장 정확하고 아름다운 「라」 음입니다.

아기가 이 세상에 태어나는 순간은 아기에게는 최대의 사건입니다. 빛魂에서 빛알→빛살→빛몸으로 변화하는 과정은 태어난 아기가 소년→청년→장년→노년의 과정을 거치는 것과 꼭 같은 한 마디의 삶입니다. 아기가 이 세상에 태어났다는 것은 우주 공간에서의 삶이 마감되었다는 것입니다. 태어남은 우주 공간 삶의 죽음이며, 이 세상 삶의 시작입니다. 죽음의 순간과 태어남의 순간이 맞물려 있는 그 순간만큼 큰 사건은 없습니다. 가장 큰 사건이니 가장 큰 소리를 냅니다. 아기의 가장 크고 높은 소리가 「라」 음입니다.

빛魂의 실체는 에너지며, 에너지는 파장운동을 하며, 파장이 소리이기도 합니다. 파장은 들리지 않지만 소리는 들립니다. 소리의 높낮이가 보이지 않는 파장의 높낮이입니다. 보이지 않는 파장의 높낮이를 소리의 높낮이로 알아볼 수 있습니다.

빛魂의 에너지 파장운동은 일정합니다. 엄마의 자궁에 잉태된 순간, 세포분열과 통합 운동을 시작하면서 파장은 올라갑니다. 말을 바꾸면—파장이 올라가기 때문에 세포의 분열·융합의 현상이 생깁니다. 아기가 태어날 때 울음소리가 「라」 음이란 사실은 엄마의 자궁 안에서 세포의 분열·융합운동을 할 때는 「라」 음 이하였다는 것입니다. 이렇게 기준을 정하여 빛魂에서 빛알→빛살(세포분열+융합)→태어나는 순간까지를 파장의 높낮이 변화를 종합하여 5선線 위에 그려 봅니다. 음악이론과 별개이니 악보와 비교는 하지 마십시오.

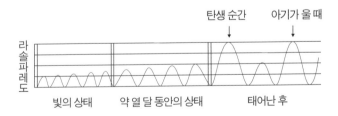

태어난 아기는 춥거나, 덥거나, 배가 고플 때 웁니다. 아기의 울음 소리는 태어나는 순간처럼 「라」 음의 소리로 웁니다. 아기가 울 때 「라」 음의 소리를 들려 주면 울음을 그칩니다. 시냇물 흐르는 소리, 새 소리, 같은 또래 아기의 울음 소리, 엄마의 심장 소리를 들으면 아기는 울음을 그칩니다. 아기는 빛魂으로 있을 때부터 들었던 소리가 끊겨서 불안합니다. 불안할 때, 「라」 음의 소리를 들으면 마음이 평안해집니다. 「라」 음의 소리는 원초적인 고향의 소리입니다. 아기가 태어나 석 달쯤 지나면 아기가 울 때 「라」 음의 소리를 들려주어도 계속 웁니다. 그때 아기의 울음 소리도 「라」 음이 아닙니다. 「라」 음보다 높은 「시」 음이거나 「도」 음으로 변화되어 있습니다. 이것은 아기의 몸속 파장의 높이가 올라갔다는 증거입니다. 아기의 몸속에서 노니는 파장의 높이가 올라가지 않으면 아기는 성장할 수 없습니다. 엄마의 자궁에 있을 때는 파장의 팽창에 따라 세포가 분열하여 약 열 달 만에 60여 조 개의 세포로 만들어집니다. 갓 태어난 아기의 세포 숫자와 어른의 세포 숫자는 똑같지만 세포의 크기가 다를 뿐입니다. 세포가 커질수록 사람의 소리 높이도 커집니다.

우주 속의 소리와 자연물 가운데 같은 것끼리 부딪치는 소리와 자연 속의 모든 자연들의 소리는 「라」 음이며 태어난 갓난아기의 울음소리도 「라」 음입니다. 「라」 음은 자연물의 상표입니다. 아기의 울음소리가 「라」 음일 때까지 아기는 자연이며 자연물이었습니다. 세포가 성장하면서 「라」 음의 경계를 넘는 순간, 아기는 자연물에서 인위적 상태, 사람이 됩니다. 아기가 「라」 음으로 울 때까지는 하늘사람이었습니다. 「라」 음을 떠났다는 것은 하늘을 떠나 땅의 사람이 되었다는 뜻입니다.

빛사람들은 이제 소리를 정리합니다. 자연의 소리, 자연물에서 나는 소리가 가장 사람을 평안하게 한다는 사실에 모두 합의합니다. 빛사람들은 사람과 자연에게 모두 좋은 소리의 기준을 「도에서 라까지」의 음으로 정합니다. 빛사람들은 춤을 출 때 희 · 노 · 애 · 락을 인위적으로 이끌어 내는 소리를 자연의 소리로 결정합니다.

소리에는 박자가 있습니다. 「도」 음에서 「라」 음까지 이어지는 소리의 기본 박자는 4박자입니다. 빛사람들은 우주의 소리에서 「덩 · 덩 · 덩더 · 쿵」 하는 소리로 듣습니다. 우리의 몸속에서 나는 「라」 음의 소리 박자도 4박자입니다. 우리의 몸은 걸어다니는 악기입니다.

빛사람들은 소리를 낼 수 있는 악기를 만듭니다. 나무와 나무를 두드리고, 긁고, 부딪치는 악기들을 만듭니다. 풀잎으로 소리를 냅니다. 빛사람들은 소리와 박자와 기준을 만들고 악기도 만들었으니 「빛놀이」 시연식을 합니다.

달빛 속에서 「라」 음의 소리와 4박자의 몸놀림의 춤이 시작됩니다. 자연 속에서, 자연의 소리 속에서, 자연이 된 사람들이 희·노·애·락의 마디마디가 태어남과, 성장과, 늙어 병들어 죽는 원순환의 삶이 말없이 펼쳐집니다. 우주 가득히 울려 퍼지는 「라」 음과 이 땅에서 울리는 「라」 음이 하나가 됩니다. 땅이 우주가 되고, 하늘이 됩니다. 모두 하나가 되어 달빛에 녹아 들고 있습니다. 「라」 음의 소리가 오래오래 이어지고 있습니다.

③ 냄새

파장으로 존재하던 에너지 덩어리인 빛魂이 이 세상에 태어나게 되면 형상, 소리, 냄새의 3요소를 갖게 됩니다. 형상과 소리와 냄새는 빛魂의 본질이 세 가지의 각기 다른 성질로 나타난 것이니 세 가지는 하나입니다.

빛사람들의 「빛놀이」에 형상과 소리의 쓰임과 기준을 만들었습니다. 「빛놀이」에 형상과 소리만 있으니 미완성을 느낍니다. 빛사람들은 「빛놀이」에 쓰일 냄새를 정의합니다.

냄새에는 두 가지가 있으니 악취와 향기입니다. 냄새는 빛魂이 변화된 현상이니 악취를 뿜어 내는 삶은 그 사람의 빛魂이 악취 덩어리며, 향기가 나는 사람은 빛魂이 향기 덩어리입니다. 사람이 내어 놓는 향기란 「감동感動」입니다. 자연을 보고 내가 감동되면 다른 사람들에게도 감동을 전염시킵니다. 삶에서 감동은 자연을 잊지 않게 하고 마음을 굳지 않게 하는 촉매제입니다.

삶의 촉매제가 감동이라면 「빛놀이」에서 「흥」을 돋우는 좋은 향기는 「추임새」입니다. 추임새는 「빛놀이」를 붙돋우는 격려가이며, 응원가이며, 춤을 추는 사람과 소리를 내는 사람과 보는 사람을 하나로 묶어 내는 끈기이기도 합니다. 추임새가 없는 빛놀이 마당은 메마른 장작과 같습니다. 마디와 마디 사이에 알맞은 추임새는 빛놀이 마당을 싱싱하게 살아 움직이는 소나무로 만들어 놓습니다.

빛놀이 마당은 이제 빛놀이답게 3대 요소가 완비되었습니다. 형상과 소리와 냄새의 3요소가 어울려 흥겹습니다. 빛놀이 마당에서 노니는 모습을 솜씨, 맵씨, 말씨로 나누어 빛魂이 변화

하여 현상적으로 나타나는 모습을 표현한 것입니다. 이것을 도
표로 봅니다.

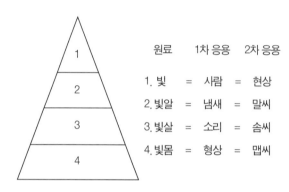

원료　　1차 응용　　2차 응용

1. 빛　 ＝ 　사람　 ＝ 　현상
2. 빛알 ＝ 　냄새　 ＝ 　말씨
3. 빛살 ＝ 　소리　 ＝ 　솜씨
4. 빛몸 ＝ 　형상　 ＝ 　맵씨

　빛魂이 고운 사람은 향기가 납니다. 입을 열면 상대에게 용기
와 난관을 이겨 낼 수 있는 말과 인정해 주는 말과 칭찬의 말로
삶을 빛나게 하여 그의 능력 이상을 이끌어 내도록 합니다.
　빛魂이 아름다운 사람의 맵씨는 둥근 모습입니다. 둥글고 정
중하면서 즐겁습니다. 냄새와 소리와 형상이 고우면, 말씨·솜
씨·맵씨도 둥글게 나타나 곱습니다. 이런 고운 현상을 밖으로
내보내는 사람은 몸속에서 운동하는 빛魂의 파장운동이 둥글고
곱습니다.

빛사람들이 「빛놀이」를 하는 까닭은 심심해서이기도 하지만 몸속의 파장운동을 잔잔하게 다져서 생명력을 약을 다리듯 짠짠하게 만들기 위한 것입니다. 「빛놀이」는 「도에서 라까지」 음의 소리와 4박자의 음률로 몸을 움직이고 있노라면 자신도 모르는 사이에 부풀었던 파장운동이 잔잔하게 조율되는 균형놀이입니다. 빛사람들은 빛사람다운 빛놀이를 만들어 즐겁게 놀면서 균형을 맞춥니다.

빛사람들은 1g도 되지 않는 「빛魂」을 원료로 인류 최초의 진리眞理를 만들었습니다. 영원히 변하지 않는 진리입니다. 빛사람들은 심심해서 만들어 논 그들이 진리가 얼마나 값어치가 있는지도 생각하지 않습니다. 그리고 1g의 진리가 나중에 얼마나 많이 변질되고 희석이 되어 처음의 모습을 찾을 수 없게 되리란 것도 모릅니다.

삶의 기준을 생명체로 삼은 빛사람들은 오늘도 빛놀이를 합니다. 빛사람들은 둥근 맵씨와 청아하고 단아한 솜씨와 향기로운 추임새로 빛놀이를 하고 있습니다. 머리엔 하양빛 꽃이 빛나고 양손엔 초록 · 파랑 · 빨강빛 꽃이 빛납니다. 「라」 음의 소리와 삼원빛이 가득합니다. 그들은 빛이 되었습니다.

3.
「빛 셋·하나三·一」의 의식儀式

빛사람들은 눈으로 빛魂을 볼 수 있는 사람들이니

기다림과 태어남

            빛사람들은 눈으로 빛魂을 볼 수 있는 사람들이니 빛魂이 육체로 태어난 까닭을 잘 압니다. 빛魂이 육체를 갖기 위하여 오랫동안 공들이며 기다려 온 것은 빠름의 삶에서 느림의 삶으로 변화하고 싶었기 때문입니다. 빠름과 느림을 설명하기 위하여 원자와 분자와 세포의 운동 횟수를 빛魂과 빛알과 빛살에 대입하여 보겠습니다.

    빛魂인 원자의 운동 횟수는 1초에 10의 15승입니다. 10에 0을 15개 붙인 10,000,000,000,000,000번의 횟수이니 엄청난 빠르기입니다. 원자가 분자로 변화하면 1초에 10에 7승의 운동을 합니다. 10에 0을 7개 더한 100,000,000번의 운동을 합니다. 분자가 세포로 변환하면 1초에 7번 운동을 합니다. 원자가 1초에 10의 15승의 빠르기로 살다가 세포로 바뀌면 1초에 7번 운동을 하는 느림의 삶으로 바뀌게 됩니다. 이것을 도표로 정리합니다.

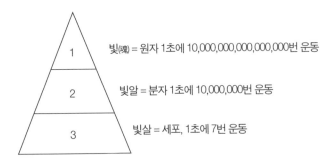

빛(魂) = 원자 1초에 10,000,000,000,000,000번 운동

빛알 = 분자 1초에 10,000,000번 운동

빛살 = 세포, 1초에 7번 운동

빛사람들은 알고 있습니다. 빠름의 삶에서 느림의 삶으로 변화된 기적을, 빛魂의 삶에서 육체의 삶으로 변화된 기적을 늘 감탄하면서 삽니다. 그리고 빛魂에서 빛알→빛살→빛몸으로 변화되었지만 빛몸 속에는 빛魂과 빛알과 빛살이 가득함을 알고 있습니다. 이것을 다른 말로 하면, 우리의 몸속에는 원자와 분자와 세포가 함께 있다는 말입니다. 한 몸에 세 가지의 속도가 공존하고 있다는 것은 축복이자 모순이며, 갈등이라는 것도 잘 알고 있습니다.

빛사람들은 각기 다른 세 가지의 속도를 용도에 맞추어 잘 사용합니다. 원자의 속도로 생각하고, 분자의 속도로 감동하며, 세포의 속도로 판단하여 종합하고 균형 맞춰 실행합니다. 삶의 속도를 높이는 일은 이 세상에 태어난 원인을 잊은 사람의 삶입니다. 성질이 급한 사람을 가끔 만나면 빛사람들은 조용히 웃습니다.

빛사람들은 느림의 삶에 알맞은 속도가 놀이에서는 「도에서 라까지」 음이며, 음율·박자는 4박자며, 공간을 이동하는 속도는 1시간에 4박자에 맞추어 4km라는 것을 잘 알고 있습니다. 빛사람들은 자신들이 느림의 삶을 살게 된 것에 늘 행복해 합니다.

빛체으로 있을 때에는 속도가 너무 빨라 공간 이동에 문제가 없습니다. 공간 이동이 자유자재라는 것은 삶에서 아무런 문제가 없다는 뜻입니다. 아무런 문제가 없으니 너무 심심합니다. 속도가 빨라 문제가 없다는 것은 입체가 아니라 평면이라는 것입니다. 평면의 삶은 관념만 있는 삶이며 입체의 삶은 관념과 실체가 갖추어진 삶입니다. 입체의 삶이 문제가 있지만 모든 삶의 감정을 사실적인 실체로 느낄 수 있습니다. 빛사람들은 실체를 느끼며 감동을 서로 주고 받는 지금의 삶이 최고로 좋은 삶이라는 것을 알고 있습니다.

늘 감동을 받으며 살아가는 빛사람들 마을에 신혼부부가 있었습니다. 신혼부부도 자신들의 삶과 두 사람이 부부가 된 것에 서로가 감탄하며 살아갑니다. 두 부부는 아기가 갖고 싶어집니다. 앞으로 태어날 아기의 모습이 눈에 선합니다. 신혼부부는 매일같이 마을 한가운데에 둥그렇게 서 있는 빛나무의 허리에 감겨 있는 세 줄로 꼰 새끼줄에 삼원빛 꽃과 하양빛 꽃을 꽂아 주며 태어날 아기를 그리워합니다.

1. 서낭당

빛사람들이 「빛 셋·하나 ≡·一」를 정립한 후에 「빛 三·一」의 상징물로 나무를 선정하였습니다. 선정된 나무의 「빛槼나무」라 고 이름을 정했습니다. 지구상에 존재하는 생명체 가운데 빛槼 의 일상성을 닮은 한결같은 파장운동을 하는 것은 나무밖에 없 습니다. 나무는 늘 한결같은 파장운동을 합니다.

나무는 늘 싱그러운 푸르름을 유지합니다. 나무는 비탈에서 도 하늘을 향해 곧게 자랍니다. 나무는 향기를 잃지 않습니다. 나무는 느림의 삶을 완벽하게 실행합니다. 느림이란 게으름이 아니라 빠르지 않다는 뜻입니다. 느림은 넘치지도 않고 모자람도 없는 온전한 삶의 유동성을 말합니다. 나무는 빛사람들의 삶의 표상이며 스승입니다. 그리고 나무는 지구상의 생명체 가운데 하늘과 가장 가까이에 있습니다. 나무는 하늘의 빛魂과 이 땅의 빛사람들이 느낌으로 소통하는 안테나이기도 합니다.

　빛사람들은 빛魂의 파장운동을 닮은 빛나무에게 빛魂의 존재체와 운동성의 상징을 장식했습니다. 세 줄의 새끼를 왼쪽으로 꼬아 하나의 줄로 통합했습니다. 이것은 셋으로 구성된 빛魂의 운동은 왼쪽이기에 세 가닥의 새끼줄을 왼쪽으로 꼬았습니다. 빛나무의 허리에 매인 세줄로 꼰 하나의 새끼줄은 빛魂의 운동하는 줄기, 「빛줄기」이며, 짧게 함축하여 말하면 「빛·줄」입니다. 「빛·줄」에 꽂혀진 삼원빛의 초록빛 꽃과 파랑빛 꽃과 빨강빛 꽃, 그리고 하양빛 꽃은 빛魂의 구성원이 운동할 때 하나로 통합되어 나타나는 운동 현상(빛)입니다. 새끼줄과 삼원과 하양빛 꽃은 빛魂의 실체와 빛의 에너지의 운동 모습입니다. 이렇게 빛魂의 상징물로 선정된 「빛나무」를 나중에―먼 훗날 사람들은 「서낭당」이라 부르기 시작합니다. 서낭당―「빛나무」의 모습을 봅니다.

　빛사람들이 사는 빛마을의 신혼부부는 빛나무를 찾아갑니다. 아기를 기다리는 마음이 급해지면 빛나무를 찾아가 느림의 마음을 배웁니다. 부부는 봄이 되면 봄꽃을, 여름이면 여름꽃을, 가을이면 가을꽃과 단풍들로 빛나무를 장식합니다. 꽃이 없

는 계절인 겨울에는 헝겊에 삼원빛을 물들여 예쁜 꽃으로 오려내 빛나무를 장식해 줍니다.

느림의 마음을 빛나무에게서 배우고 느낀 마음이 빛나무가 안테나가 되어 하늘의 빛魂에 연결이 되었는지 아기가 잉태가 되었습니다. 부부는 아기가 자궁에서 자라는 열 달 동안도 거르지 않고 빛나무를 찾아 꽃장식을 합니다. 삼원빛을 꽂으며 하늘에서 출발하여 지금 자신의 자궁에서 자라는 아기를 축하하며, 하양빛 꽃을 꽂으며 몸과 마음이 온전한 탄생을 기원합니다. 삼원빛은 출발이며, 하양빛은 도착·완성입니다. 신혼부부는 설렙니다. 하늘에서부터 출발한 아기가 이 땅에 도착할 때 완성된 몸, 손가락 10개, 발가락 10개, 눈 두 개–이렇게 온전한 몸으로 도착하기를 바랍니다. 신혼부부는 오늘도 빛나무에 꽃장식을 합니다.

2. 금禁줄

빛사람들의 빛마을에 경사가 났습니다. 빛나무에 삼원빛 꽃과 하양빛 꽃을 장식해 온 신혼부부의 아기가 탄생했습니다. 하늘에서 출발한 빛魂이 엄마의 자궁이란 긴 터널, 열 달 동안 내달려야 빠져 나올 수 있는 긴 터널을 통과하여 오늘 지구에, 이 땅에 도착하였습니다. 그것도 손가락, 발가락이 10개씩 온전하고 완성된 몸을 가지고 건강하게 도착하였습니다.

아기의 아버지는 장대 두 개를 집 앞에 세우고 장대와 장대 사이에 세 가닥 왼새끼 줄을 매고 초록·파랑·빨강빛 꽃과 하양빛 꽃을 장식합니다. 빛나무에 매일 장식하던 삼원빛 꽃과 하양빛 꽃을 집 앞 장대의 새끼줄에 장식해 놓습니다.

빛나무의 삼원빛 꽃은 하늘에서 출발을 의미하며, 하양빛 꽃은 이 땅에 완성되어 도착하여 달라는 미래의 염원이라면, 집 앞 장대의 삼원빛 꽃과 하양빛 꽃은 빛魂이 하늘에서 출발하여 열 달의 긴 여행을 무사히 마치고 지금 여기, 이 집에 완성된 몸으로 도착하였다는 의미이며 현재완성형입니다.

빛마을의 빛사람들은 너도 나도 하양빛 꽃과 삼원빛 꽃 한 송이씩 들고 아기 집에 찾아와 장대에 꽃을 장식하며 아기의 탄생을 축하합니다. 지금의 세상에서 우주 왕복선이 10여 일 우주 여행을 하고 무사히 귀환하면 세계적으로 환영을 합니다. 그런데 빛㾡은 하늘에 10년, 100년, 어쩌면 몇백 년을 유영하다가 열 달 동안의 여행 끝에 무사히 도착했으니 온 마을 사람들의 축하는 더 당연한 것입니다.

흔한 일이어서 사람들은 잊었지만 하늘을 유영하던 빛㾡이 육체화하여 이 땅에 무사히 도착한다는 것은 우주 왕복선의 무사귀환보다 더 경이롭고 더 실패 확률이 높은 위험한 비행입니다. 위험한 비행의 성공을 알리고 축하하는 현수막이 장대와 장대 사이의 삼원빛 꽃과 하양빛 꽃입니다.

아기가 태어난 집의 대문 위에 걸어 놓는 것을 금禁줄이라고 합니다. 면역체계가 취약한 갓 태어난 아기에게 세균의 감염이 될까 염려하여 외부 사람들의 출입 금지를 알리는 표시라고 생각합니다. 금줄이라고 하기 전에는 검神줄이라 하여 신령스러움을 의미하기도 했습니다. 신령스럽다는 것은 무엇이 있기는 있는데 무엇인지 모르지만 외경스러운 것이라는 생각입니다. 신령스러운 존재, 그것은 빛㾡입니다. 사람들이 빛㾡을 잊은 사람들이 빛㾡이라고 말해야 할 때 "「검」스럽다, 신령이 있다"고 했습니다.

아기의 집 대문에 매달린 줄은 금禁줄도 아니며, 검神줄도 아

니며 빛줄입니다. 빛줄에 꽂아 놓는 것이 성별性別을 알리는 표
시로 전락했지만 변질된 것입니다. 빛사람들이 보면 웃을 장면
입니다.

아기는 잘 자랍니다. 「라」음의 소리로 가끔씩 울어가며 엄
마의 젖도 잘 먹어서 건강합니다. 잠속에서 아기는 빛줄으로 있
을 때와 똑같이 하늘을 유영합니다. 「라」음이 가득한 하늘을 유
영하며 아기가 크는 동안 집 앞 장대의 빛줄이 햇살에 빛나고 있
습니다.

빛줄기의 모습을 봅니다.

3. 백일百日

아기가 태어난 지 100일이 되는 날입니다. 빛마을에 잔치가
벌어졌습니다. 빛마을 사람들이 아기 집에 모여 축하를 합니다.
빛마을 사람들의 축하 의미에는 두 가지의 뜻이 있습니다.

첫째가 아기의 생존입니다. 태어나서 100일 동안이 면역체
계가 만들어지고 적응이 되는 기간이니 매우 위험한 날들입니
다. 아기는 낯선 땅, 처음 맞이하는 환경 속에서 잘 견뎌 주었습
니다. 빛마을 사람들은 진심으로 아기의 건재에 박수를 치고 있
습니다.

백일 기념일에 입은 아기의 옷은 하양빛입니다. 하양빛은 도
착입니다. 그리고 정신이며 하늘입니다. 태어난 지 100일이 되
는 아기는 아직 이 땅의 사람이 아니라 하늘에서 유영하는 빛魂
이라는 뜻으로 하양빛 옷을 입습니다. 서낭당, 금줄에 있었던
삼원빛은 아기의 몸에는 장식이 되어 있지 않습니다. 삼원빛은
출발의 의미인데 아기는 어느 곳으로도 출발하지 않는 유보적
인 삶이라는 의미입니다. 하양빛 옷의 아기는 하늘나라 사람입
니다.

지금도 인도네시아의 발리섬에는 우리의 백일 기념과 의미가 같은 의식을 치르고 있다고 합니다. 발리섬에서 아기가 태어나면 105일을 맞는 날까지 방의 가운데에 시렁을 매고 아기를 그곳에서 키우다가 105일날 사찰에 가서 백일의식을 치른 후 집에 돌아와 방바닥에 처음으로 누인다고 합니다. 105일 동안 아기를 시렁에서 키운 까닭은 아기는 아직 이 땅의 사람도 아니고, 하늘사람도 아닌 하늘과 땅 사이의 사람이라는 뜻입니다. 발리섬의 아기 방을 봅니다.

빛마을 사람들의 첫 번째 축하의 이유가 아기의 건재함이 100일 동안 이어져 왔다는 것이라면, 두 번째의 축하 이유는 산모가 건강하게 생환했다는 것입니다. 아기를 낳는 일은 외경스러운 일입니다. 외경스러운 만큼 고통스럽고 위험합니다. 산모는 고통과 위험을 넘어 살아서 건강하게 생활로 돌아왔습니다.

100일 기념은 산모가 생활에 복귀하는 첫 날을 기념하는 것입니다. 아기가 엄마의 자궁에 잉태한 순간부터 천천히 세포분열을 합니다. 세포분열을 할수록 아기의 크기는 늘어납니다. 자궁 속의 아기가 크는 만큼 엄마의 몸도 늘어나야 합니다. 몸이 늘어나려면 열熱이 필요합니다.

우리 몸 안의 세포는 좋게 변화하든 나쁘게 변화하든 변화하려면 열이 필요합니다. 잉태한 날부터 아기 엄마의 몸속 세포는 변화합니다. 아기 엄마의 몸은 잉태한 날부터 몸살을 앓는 상태의 열 속에 늘 있습니다. 남자들은 4~5일 몸살을 앓아도 죽을 지경인데 산모는 무려 300여 일의 몸살을 앓고 있습니다. 300여 일의 몸살 때문에 산모의 몸은 부풀어 납니다.

300여 일의 몸살이 끝이 아닙니다. 아기 낳을 때의 열은 300일 동안 생긴 열을 합한 것만큼 강렬합니다. 그 강렬한 열 때문에 뼈의 마디들이 유연하게 물러나 산모의 몸이 열려 아기가 이 세상으로 나오게 됩니다.

부푼 세포들과 물러난 뼈의 마디들을 원래의 상태로 복원해야 합니다. 부풀어날 때처럼 알맞은 열이 있어야 합니다. 아기를 낳은 후 한 달 동안은 몸살의 상태에 가까운 열을 유지합니다. 두 달째부터는 일어나 천천히 산책은 해도 되지만 무엇이든지 들거나, 밀거나, 당기는 일을 해서는 안 됩니다. 특히 무거운 물건을 들거나 옮기는 일은 뼈마디들에게 해롭습니다. 석 달째부터는 몸을 바르게 앉아 뼈의 비뚜러짐을 바로잡습니다. 이때 잘 바로잡으면 임신 전에 비뚜러졌던 부분도 모두 바로잡힙니다. 그렇게 몸조리를 99일까지 하고 100일 되는 날 부엌에 들어가 음식을 만듭니다.

백일 기념은 엄밀히 말하면, 엄마의 무사귀환과 성공적인 몸조리를 하여 생활인으로, 빛마을의 한 사람으로 첫발을 내딛는 날의 기념이며, 그날을 축하하는 잔치입니다.

출발과 성장

빛마을의 빛사람으로 곱게 태어난 아기는 세 마디의 삶을 살아 냈습니다. 하늘에서 빛魂으로 살다가 이 땅의 사람의 자식으로 태어나 백일 기념 잔치도 치렀습니다. 이 셋의 마디가 「빛 三·一」의 의식으로 서낭당, 금줄, 백일입니다.

서낭당은 빛魂의 상징이므로 땅에 있는 나무지만, 삼원빛과 하양빛으로 장식된 새끼줄이 허리에 둘러쳐지는 순간 하늘이 됩니다. 금줄은 이 땅에 안착한 신호입니다. 하늘에서 땅으로 도착했다는 신호이며 파장운동의 존재에서 육체를 지닌 존재로서 삶을 시작한다는 신호이기도 합니다. 백일 기념의 뜻은 하늘 나라로 되돌아가지 않고 이 땅에서 살아갈 확률이 높아졌다는 것을 확인하는 절차입니다. 그리고 아기는 건강한 엄마와 함께 지낼 수 있다는 것을 확인하는 날이기도 합니다.

이 셋의 마디는 사람이라면 모두 거쳐야 하는 관문입니다. 이 관문을 뛰어 넘을 수도 없으며 빨리 도달할 샛길도 없습니다. 마디의 의식儀式을 치르는 것은 새로운 마디를 시작하게 된 것을 축하하는 의미도 있지만, 삶에는 월반越班이 없다는 것을 깨우쳐 주기 위한 뜻도 있습니다. 삶은 제 과정을 고스란히 거쳐서 느림으로 나아갈 때 튼실하며 행복하다는 것을 빛사람들은 알고 있기 때문입니다.

서낭당, 금줄, 백일의 관문은 아직 하늘입니다. 아기는 아직 하늘에 사는 빛魂의 존재입니다. 하늘사람입니다. 아기가 이 땅의 사람으로 진입하려면 새로운 한 마디의 관문을 통과해야 합니다. 그 관문을 통과해야 사람의 자식, 이 땅의 사람으로 출발할 수 있습니다.

4. 첫돌

빛마을에 잔치마당이 또 열렸습니다. 아기가 무럭무럭 잘 자라서 태어난 지 만 1년이 되는 날, 첫돌입니다. 첫돌이라는 말은

「첫 · 땅」이라는 뜻입니다. 태어난 지 만 1년을 하늘사람으로 있다가 오늘 이 땅의 사람으로 삶을 시작하는 첫날입니다.

빛사람들은 알고 있습니다. 태어난 아기들은 면역체계가 약하고 처음 살아 보는 이 땅의 환경에 익숙하지 않아 태어나 1년 안에 하늘나라로 돌아가는 아기들이 많습니다. 아기가 태어나면 기쁩니다. 기쁘지만 아기가 만 1년이 될 때까지 기쁨을 내색하지 않습니다. 아기가 1년 안에 하늘나라로 돌아가면 기뻐한 것보다 더 많이 서운하기 때문입니다. 오늘은 마음의 기쁨을 참지 않습니다. 부모와 일가친척, 빛마을 사람들 모두 기쁨에 겨운 축하잔치가 열립니다. 마당에 「라」 음과 4박자의 소리가 가득합니다. 소리에 맞추어 생명 순환의 춤이 너울거리고 추임새 소리가 흥겹습니다.

오늘 잔치의 주인공인 아기는 1년 동안 입은 하양빛 옷을 벗었습니다. 하늘나라 사람의 상징인 하양빛 옷을 벗고 양쪽 소매에 하양빛과 삼원빛이 장식된 「빛돋이」 옷을 입었습니다. 「빛 · 돋 · 이」란 말은 「빛㿟」이 「돋아나」서 「이어」 있다는 의미입니다. 빛돋이 옷을 요즈음은 「색동옷」이라 합니다. 「빛돋이」 옷의 소매에 장식된 삼원빛은 이 땅의 사람으로 출발을 하며, 부모의 자식으로 오늘 출발한다는 의미입니다. 백일 기념 때에 사라졌던 삼원빛이 첫돌의식에 나타납니다. 하양빛은 사람으로서, 자식으로서 좋은 완성을 기리는 뜻입니다.

아기가 받은 잔치상에도 삼원빛 꽃과 하양빛 꽃이 잠식되어 있습니다. 사람으로 출발하였으니 품격이 높은 사람으로 완성되라는 격려가 밥상에도 놓여져 있습니다. 요즈음 돌상에는 하양빛 실타래 하나만 놓여져 "개구장이라도 좋으니 오래오래 살아 다오"라는 뜻으로 쓰입니다. 삼원빛도 사라졌고 하양빛의 의미도 변질되었습니다.

빛사람들은 언어가 없고 문자도 없이 살아도 느낌이 섬세하여 삶의 기준이 무엇인지 압니다. 아기의 몸이 크는 만큼 정신도 깊어져야 하고, 어른은 나이를 먹는 만큼 정신이 익어가야 된다는 사실을 압니다. 아기의 부모와 빛마을 사람들 모두 아기의 몸과 마음이 균형맞게 성장할 수 있도록 뒷바라지와 앞바라지를 할 것을 약속합니다. 아기는 자신의 잔칫날이라는 것을 아는지 방긋방긋 웃습니다. 잔치는 달이 떠올라 더욱 흥겹고 찬란합니다. 밤이 깊도록 잔치는 이어집니다.

5. 성인식

아이들은 여름날 무가 자라듯 큽니다. 아이들이 자라듯 어른들이 늙는다면 살아남을 어른들은 몇 명 없을 것입니다. 빛마을에서 첫돌 잔치를 치러 낸 아기도 반듯하고 맑게 자라서 성인식을 치르게 되었습니다. 오늘은 빛마을에서 성인식을 치르는 날입니다.

빛마을 빛사람들의 삶의 목적은 아이를 낳아서, 그 아이를 느낌이 맑은 사람으로 성장시켜서, 최소한 모듬살이 집단에 폐를 끼치지 않는 사람으로 숙성시키는 데 있습니다. 폐를 끼치지 않는 사람에서 모듬살이 집단에 도움을 주는 사람이 된다면 더욱 좋은 일입니다. 빛사람들 삶의 기본이 남에게 폐를 끼치지 않는 것입니다. 모듬살이 구성원 모두가 남에게 폐를 끼치지 않는다면, 모듬살이에서 봉사할 일이 없어집니다.

빛사람들은 삶의 질을 결정하는 것은 맑고 깨끗한 문화라고 생각합니다. 현재의 문화가 최상의 문화라면 오랫동안 이어져야 합니다. 최상의 문화를 이어가는 끈이 아이들이라고 생각합니다. 빛사람들은 남의 아이와 내 아이를 가리지 않고 모듬살이의 보물이라고 생각합니다. 보물이기에 손상당하지 않도록 늘 닦고 보살펴야 합니다. 빛사람들은 일을 하는 것은 아이들을 잘 키우고, 잘 숙성시키기 위하여 필요한 것이라고 생각합니다. 아이들이 빛마을의 최고 보물이라고 생각하는 빛사람들이 성인식을 치르고 있습니다.

성인식은 성인의 나이에 이르렀다고 통과의례를 형식으로 치르고 성인식에 참석한 사람들 모두 성인으로 인정해 주는 의식이 아니라 정말 성인의 능력을 몸과 마음에 지녔는지 심사하는 마당입니다.

심사의 의미로 두 가지가 있습니다. 첫째가 성인식을 치르는 사람들이 정말 성인의 조건에 맞는가를 보는 것이며, 두 번째는 어른들이 이 사람들을 성인의 조건에 잘 맞도록 성장을 시켰는가를 봅니다. 받은 사람과 준 사람을 함께 심사하는 날입니다. 사람이 살아가는 좋은 문화를 이어갈 사람들이니 심사는 공정하고 엄격하며 까다롭지만, 성인식을 치르는 첫날부터 마지막 날까지 축제 분위기입니다.

성인식에 참석한 청년들은 심사를 맡아보는 어른들과 사냥 여행을 떠납니다. 1차로 보는 심사는 사냥입니다. 청년들이 사냥여행을 떠나고 나면 성인식에 참석한 처녀들은 1차로 담력 심사를 받습니다. 낭떠러지에 서 있는 바위를 끌어안고 한 바퀴 돌아서 나와야 합니다. 그림으로 봅니다.

2차 담력 시험은 한밤중에 이웃마을 서낭당에 자기의 댕기를 걸어 놓고 오는 일입니다. 3차 시험은 오래 앉아서 공예품을 만들거나 옷감을 만들어 내는 솜씨와 잔잔함의 상태를 봅니다. 마음이 들뜬 사람은 오랫동안 앉아 있을 수 없으며 만들어 낸 작

품도 거칩니다. 처녀들을 심사할 때 기준으로 보는 것이 마음의 잔잔함과 담력, 그리고 솜씨와 맵씨와 느낌의 상태를 봅니다.

사냥여행에서 돌아온 청년들은 2차로 힘의 상태를 시험하며, 3차로 협동심을 심사합니다. 남자로서 제 역할을 다 하려면 사냥하는 기술과 힘과 남과 함께 할 수 있는 협동심이 관건이기 때문입니다.

심사의 초점은 남자는 수확을 할 수 있는 능력을 보고, 여자는 수확한 것을 지키는 능력이 있는지 봅니다. 이 세상은 여자가 유지시킵니다. 이 세상을 유지시키려면 강건함과 곧은 절제와 맑은 느낌이 필요합니다. 이 세상을 유지시키는 사람이 이 세상을 경영하는 사람이며 주인입니다.

모든 심사를 통과하면 처녀들에겐 삼원빛과 하양빛 헝겊을 주어 댕기에 장식하도록 합니다. 삼원빛과 하양빛 리본을 다는 것입니다. 심사에 통과한 청년들에겐 삼원빛이 수놓여진 하양빛 수건을 주어 삼각형으로 만들어 머리띠로 사용하게 합니다. 머리띠의 오른쪽 귀 위에 까망빛갈의 까마귀 깃털을 한 개 꽂습니다. 까망빛갈은 물질입니다. 성인식의 심사를 통과한 청년은 이제 어른으로 물질을 일구어 내야 하는 의무가 있다는 뜻입니다. 처녀들은 삼원빛과 하양빛의 리본을 장식했으니 정신을 관리하는 사람들이며, 청년들은 까망빛갈을 장식했으니 물질을 일구어내는 역할입니다. 댕기와 머리띠의 모습을 봅니다.

빛마을에서 빛사람으로서 한평생 살아가면서 처음이자 마지막인 시험, 성인식이 끝났습니다. 성인식 심사에서 탈락한 사람을 제외하고 합격한 처녀들은 삼원빛과 하양빛 리본을 댕기에 장식을 하고, 청년들은 삼원빛이 장식된 하양빛 수건을 머리띠로 만들어 이마에 동여매고 까마귀 깃털을 꽂는 의식을 치릅니다. 성인식 심사에서 탈락한 사람들에겐 안타깝지만 심사는

엄격하고 공정하게 치러졌습니다.

빛마을의 빛사람들은 잔치를 열어 탈락한 사람을 위로하고 합격한 사람을 축하합니다. 빛사람들은 온전한 삶을 이어가고 맑고 밝은 문화를 이어가려면 평등만으론 가능하지 않다는 것을 압니다. 마음은 괴롭지만 어른의 역할을 할 수 없는 사람은 탈락시켜 차이를 인식시킬 수밖에 없습니다.

성인식을 통과한 처녀들의 댕기 끝에 삼원빛과 하양빛 리본이 나풀거립니다. 어른으로의 출발과 어른의 품격으로 숙성되어 정신을 경영하라는 뜻으로 장식된 리본이 나풀거립니다. 청년들이 동여맨 삼각형 하양빛 머리띠도 빛납니다. 어른으로의 출발, 품격 높은 인간으로의 완성, 그리고 물질을 일구어 내는 까망빛갈의 까마귀 깃털이 달빛에 빛납니다. 빛마을의 성인식은 축하의 잔치 속에서 막을 내리고 있습니다.

6. 혼인식

빛마을의 아기씨는 잘 자라서 성인식도 통과하여 튼실한 어른이 되었습니다. 튼실한 어른이라면 혼인을 하는 것이 당연합니다. 오늘은 아기씨가 혼인을 하는 날입니다. 빛마을은 또 한 번의 축제가 열립니다. 아기씨는 자신의 삶에서 서낭당, 금줄, 백일, 첫돌, 성인식의 다섯 마디를 거쳐 여섯 번째의 마디인 혼인식을 치르고 있습니다.

혼인식을 위하여 새색시 몸단장을 합니다. 초록빛 나뭇잎과 파랑빛, 빨강빛, 하양빛으로 족두리를 만들어 머리에 올립니다. 삼원빛과 하양빛 족두리입니다. 지금은 원삼족두리라고 부르지만 본래는 삼원三源족두리가 맞습니다.

얼굴에도 삼원빛을 장식합니다. 이마에는 초록빛 나뭇잎을 예쁘게 오려서 붙이고 왼쪽 볼에는 빨강빛 꽃잎을, 그리고 오른쪽 볼에는 파랑빛 꽃잎을 붙입니다. 얼굴도 삼원빛 얼굴이 되었습니다. 옷을 입습니다. 저고리는 초록빛이며 치마는 빨강빛입니다. 옷고름과 소매의 깃은 파랑빛입니다. 동정은 하양빛입니다. 옷도 완전히 삼원빛과 하양빛으로 갖추어 입었습니다.

대례복은 발이 가늘고 고운 삼베로 만들었습니다. 양쪽 팔소매에는 삼원빛과 하양빛의 수를 놓았습니다. 손가리개 수건은 하양빛에 삼원빛이 장식되었습니다. 버선과 신발도 하양빛입

니다. 새색시의 모습은 머리끝에서 발끝까지 삼원빛과 하양빛입니다. 새색시가 혼인식을 위하여 준비한 모습을 그림으로 봅니다(왼쪽 그림).

이번엔 신랑이 준비하고 있는 방으로 가 봅니다. 저고리와 바지는 하양빛 옷을 입습니다. 두루마기와 모자는 까망빛갈입니다, 두루마기의 허리끈은 노랑빛갈, 파랑빛갈, 빨강빛갈의 셋을 합해서 만든 삼원빛갈입니다. 삼원빛갈이 합해지면 까망빛갈이 되며 이것은 물질입니다. 신발도 까망빛갈입니다. 신랑은 완벽하게 까망빛갈, 물질로 변신했습니다. 서낭당, 금줄, 백일, 첫돌, 성인식에 쓰여졌던 것은 삼원빛과 하양빛이었는데 혼인식에서 신랑의 옷에 삼원빛갈이 처음으로 등장합니다. 이것은 혼인을 하면 남자는 물질을 일구어 내야 하는 일이 첫 번째의 의무라는 뜻입니다.

옷을 갖추어 입은 신랑은 파랑빛갈과 빨강빛갈을 겹으로 만든 보자기에 노랑빛갈 기러기 한 마리를 싸가지고 새색시의 집으로 갑니다. 새색시의 마당이 혼인식장이기도 하지만, 혼인식을 올리기 전에 한 가지 치러야 할 의식이 있습니다. 새색시 집에 도착한 신랑은 장모님에게 싸가지고 간 기러기를 드립니다.

이 의식은 두 가지의 의미가 있습니다. 첫째, 싸가지고 온 기러기를 장인에게 드리는 것이 아니라 장모님에게 드립니다. 이 뜻은 새색시집의 우두머리는 아버지가 아니라 어머니라는 것입니다. 신랑은 이 집의 우두머리에게 지금 신고식을 하는 중입니다. 두 번째, 빨강빛갈과 파랑빛갈의 보자기를 두 겹으로 하나의 보자기로 만들어서 노랑빛갈의 기러기를 쌌으니 삼원빛갈입니다. 삼원빛갈은 물질 구성의 3요소입니다. 신랑은 장모님에게 이제부터, 혼인식이 끝나서 가족이 되면 물질을 일구어 내는 일꾼이 되겠다는 서약을 말이 아닌 빛갈로 하고 있는 중입니다.

게다가 기러기는 우두머리의 명령에 순종하는 특징과 절대로 가족의 대열에서 이탈하지 않는 충성심으로 유명한 새입니다. 신랑이 파랑+빨강빛갈의 겹보자기에 싸인 기러기를 장모님에게 드린 이유는, "이 집안의 우두머리인 당신의 명령에 충실히 따라 물질을 일구어 내며, 한눈 팔지 않고 가족의 일원으로 충성을 다 하겠습니다" 라는 항복식이며 충성식이었습니다.

새색시의 집안에서 신랑이 항복식을 거행하는 동안 마당에선 예식장을 꾸미느라 부산합니다.

마당의 주위에 삼원빛과 하양빛 꽃들로 장식되어 아름답고 향기로운 냄새가 가득합니다. 마당의 여기저기에선 저물어 가는 마당을 관솔불들이 밝히고 있습니다. 혼인식을 치를 대례상을 만들고 있습니다.

대례상 위에는 삼원빛 꽃과 하양빛 꽃이 아름답게 장식이 되어 있고 대례상의 이쪽과 저쪽, 새색시와 신랑이 마주 서 있을 공간에 사람의 키만한 소나무가 한 그루씩 심어져 있습니다. 그리고 소나무와 소나무 사이에 삼원빛 실과 하양빛 실이 무지개 다리처럼 걸쳐져 있습니다. 무지개 다리가 관솔불빛에 곱게 빛납니다.

오후 7시가 가까웠습니다. 이제 혼인식이 시작될 시간입니다. 신랑이 장모님을 따라 식장으로 들어옵니다. 장모가 신랑을 이끌고 예식장에 입장하는 모습은 전장에서 승리한 개선장군이 항복한 적장을 데리고 오는 모습입니다. 빛마을 사람들이 박수로 두 사람을 맞이합니다. 신랑은 혼인식을 올리기 전에 이미 새색시 집의 일원이며 장모의 부하가 되어 버린 모습입니다.

장모는 박수를 받으며 신랑의 항복 증거인 파랑+빨강빛갈의 겹보자기에 싸인 기러기를 대례상 위에 척 놓습니다. 장모가 빛마을 사람들을 휘 둘러 보는 눈빛은 "봤지. 여러분, 신랑의 항복과 충성서약서야." 이렇게 말하고 있습니다. 새색시의 입장이 시작됩니다. 혼인식의 시작입니다.

언어도 없고 문자文字도 없는 빛사람들입니다. 언어와 문자가 없어도 혼인의 의미는 모든 빛사람들에게 통합니다. 새색시의 삼원빛과 하양빛의 차림은 정신을 주관하는 사람이며, 일가一家를 이루는 첫 출발이며, 훌륭한 완성을 의미합니다. 신랑의 삼원빛갈과 까망빛갈의 차림은 물질의 창조를 의미합니다. 대례상의 삼원빛과 하양빛 꽃은 어른으로서 책임 있는 출발이며, 책임의 완성을 뜻하고, 소나무와 소나무 사이의 삼원빛 실과 하양빛 실은 새색시와 신랑의 신뢰와 사랑의 출발이며 완성을 새겨 놓은 것입니다. 춤과 「라」 음의 소리 속에서 혼인은 끝났습니다. 신랑과 새색시는 신방으로 가고 마당의 빛사람들은 점점 흥이 고조되어 갑니다.

새색시와 신랑이 함께 있는 신방에 가 봅니다. 먼저 이불을 보면 초록빛과 파랑+빨강빛의 겉에 속은 하양빛의 헝겊으로 쌌습니다. 포대기도 이불과 똑같습니다. 신랑과 신부가 함께 쓰는

긴 베개도 하양빛 베개보에 양쪽 원형의 마개는 삼원빛과 하양
빛의 그림으로 수놓여 있습니다. 그림으로 봅니다.

　　신방의 이불과 베개가 모두 삼원빛과 하양빛입니다. 신방에
까망빛갈이 있기는 합니다. 신방에 놓여진 반다지와 물건들을
넣어두는 함들은 모두 까망빛갈입니다. 까망빛갈의 빈 함을 신

랑이 앞으로 가득 채워야 합니다. 신랑은 물질을 일구어 내는 소임이 있기 때문입니다.

혼인식을 치르는 새색시의 차림새는 모두 삼원빛과 하양빛이며, 혼인식을 치르는 마당도 삼원빛과 하양빛으로 장식되어 있으며, 대례상도 삼원빛과 하양빛으로 차려져 있으며, 신방도 삼원빛과 하양빛입니다. 혼인식을 올리는 공간과 혼인식을 치르고 들어간 신방은 모두 신랑의 공간이 아니라 새색시의 공간입니다. 새색시의 공간에 장모의 승낙을 얻어 끼어 든 신세가 신랑입니다. 신랑은 신방의 까망빛갈의 반다지만 들어내면 신랑의 흔적은 어디서도 찾을 수 없습니다. 심한 표현 같지만, 혼인식은 주인인 새색시가 물질을 전문적으로 만들어 내는 일꾼인 신랑을 얻는 날입니다. 일꾼을 하나 얻는데 절차가 좀 부산스럽기는 했지만…. 지금은 남편이 하늘, 아내가 땅이라 말하지만 빛사람들은 아내가 주인, 남편은 일꾼이라는 것을 느낌으로 모두들 인정하고 있었습니다.

사람이 한평생을 살아가면서 치르는 아홉 번의 의식 가운데 혼인식만큼 하양빛과 삼원빛이 많이 쓰이는 의식이 없습니다. 혼인식의 중요함을 알고 있었습니다. 빛사람들이 가장 중요시

하는 것이 생명체입니다. 생명체가 살아가는 공동의 세상이니 생명체를 소중하게 생각하는 마음이 없으면 이 세상에서 살아갈 자격이 없다고 생각합니다.

모든 생명체를 소중하게 여기는 빛사람들이니 사람을 얼마나 소중하게 생각하겠습니까? 사람을 소중하게 생각하는 사람은 아기를 제1의 보물로 여깁니다. 혼인식은 아기를 생산하는 의식이기도 합니다. 보물을 생산하는 의식이니 삼원빛과 하양빛을 그리도 아낌없이 장식했습니다.

빛사람들은 빛魂을 보는 사람들이기에 혼인에 대한 느낌도 확실합니다. 혼인이란 남자와 여자의 만남입니다. 그냥 만남이 아니라 합合입니다. 남자+여자=남·여가 되는 것이 혼인이 아니라 남자+여자=ㅇ로 되는 것이 혼인이라 생각합니다. 남+녀= 남·녀란 물리적 결합인데 남+녀=ㅇ가 되는 것은 화학적 결합입니다. 남+녀가 화학작용을 거치면 남·녀가 아니라 이 세상에 없는 새로운 종種이 태어납니다. 새로 태어난 종은 다른 종과 결합할 수 없습니다. 소와 사자가 결합할 수 없듯이. 혼인한 새색시와 신랑은 그것을 압니다. 그들의 생각엔 이혼이란 없습니다. 신랑이 죽거나 새색시가 죽으면 자기와 맞는 종이 없으니 평생 혼자 살아야 합니다. 이것을 수절이라 생각도 안 합니다. 사자만 있는 세상에 두 마리의 소가 부부로 살다가 어느 한쪽이 죽으면 남은 소는 혼자 사는 수밖에…. 이것을 아는 빛사람들은 아내와 남편을 끔직히 아낍니다. 이 세상에 하나밖에 없는 그이기에….

　빛사람들의 혼인식장은 두 사람을 화학적으로 변화시키는 아름다운 화학공장입니다. 삼원빛과 하양빛이 관솔불에 일렁이며 빛나고, 생명 순환의 춤과 「라」음의 소리가 가득한 혼인식장은 빛으로 변화된 땅위의 하늘나라입니다. 밤은 깊어 가고 있습니다. 혼인식의 여운도 깊어 갑니다.

숙성과 돌아감

삶의 마디 1, 2, 3번의 서낭당, 금줄, 백일의 의식이 하늘의 공간에서 파장으로 노닐다가 이 땅의 공간으로 이동하면서 몸으로 변화하는 과정이라면, 삶의 마디 4, 5, 6번의 첫돌, 성인식, 혼인식의 의식은 몸을 지닌 사람으로 성장하고 숙성되어 가는 과정입니다.

혼인식을 치른 빛마을의 빛사람 아기씨는 어른으로 맑고 밝은 삶을 살아 냈습니다. 이 땅에 몸을 가지고 태어난 뜻은 빛魂의 속도로 사는 것이 아니라 몸의 속도로 살기 위하여 왔으며, 만남과, 의·식·주를 해결하는 놀이와, 문제를 만나는 것은 몸을 지니고 살아 있는 증거이며, 문제를 즐겁게 해결할 때마다 자신의 품격이 향상된다는 확실한 생각을 가지고 정중하지만 즐거운 마음으로 살아왔습니다.

아기씨는 잘 살아왔습니다. 부모의 자식으로, 혼인을 한 뒤에는 부부로, 자식을 나은 뒤에는 부모로, 그리고 이웃과 잘 어울리며 살아왔습니다. 잘 살아왔다는 것은 시간이 그만큼 잘 흘러갔다는 것과 같습니다. 아기씨는 어느덧 환갑이 되었습니다. 오늘도 빛마을의 빛사람들이 아기씨의 환갑을 축하하기 위하여 모여서 큰 잔치를 열고 있습니다.

7. 환갑還甲

이 세상에 몸을 지니고 태어난 생명체는 모두 같은 순환의 과정을 살아갑니다. 태어남→성장→숙성→돌아감. 이 순환의 고리는 너무도 당연한 과정이므로 곱게 받아들여야 합니다. 환갑은 태어남, 성장, 숙성의 과정을 넘어 이제 돌아감의 과정으로 들어섰다는 의식입니다.

환갑의 의미는 두 가지가 있습니다. 첫째, 물리적 의미로 61세까지 참 잘도 살아 주었구나 하는 축하의 자리입니다. 이 세상은 죽을 수 있는 위험이 여러 곳에 있고, 여러 가지의 일이 있습니다. 수많은 죽을 수 있는 요소들을 잘 넘어서 61세까지 살아왔다는 것은 축하를 받을 만합니다. 특히 잘 살아왔다면 존경을 받을 만합니다. 환갑은 생존의 거룩함을 축하하는 의식입니다.

두 번째, 화학적 의미로 환갑은 다른 물질로 변화되었음을 인식하는 의식입니다. 환갑의 환還은 돌아올, 돌아갈 환입니다. 처음으로 돌아왔다는 뜻이니 환갑을 맞이하는 사람이 처음의 상태로 돌아오거나 돌아갔다는 것입니다. 사람의 처음 상태, 처음 출발은 파장으로 존재하는 「빛魂」입니다. 파장인 빛魂으로 환원되었다는 것은 「죽었다」는 뜻입니다. 환갑은 살아 있으면서 죽은 사람이 된 그와의 이별의식이며 화학적 장례의식입니다. 환갑의 도표를 봅니다.

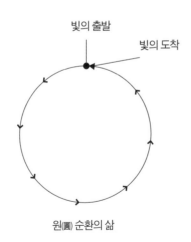

빛의 출발

빛의 도착

원(圓) 순환의 삶

삶은 원圓순환의 과정입니다. 온 것은 돌아가고, 돌아간 것은 다시 오는 환원還圓의 끊임없는 반복입니다. 환갑 축제에 참석한 빛사람들은 삶의 법칙을 눈으로 보는 사람들입니다. 태어난 사람을 맞이하는 기쁨으로 돌아가는 사람을 배웅합니다. 죽지 않고 61세까지 살아온 것을 마음껏 축하하는 마음과 빛째으로 환원된 것을 함께 축하하는 마음이 어울려 잔치마당의 흥은 절정으로 무르녹아 갑니다.

환갑잔치가 살아서 죽는 의식인 줄 잘 아는 빛사람들은 환갑잔치를 치른 이튿날부터 모든 현역의 자리와 역할에서 은퇴합니다. 직위가 있었으면 직위를 반납하고 곳간이나 금고의 열쇠가 있었다면 모두 다음 우두머리에게 물려 주고 은퇴를 합니다. 이런 의식의 의미가 조금은 변질되었지만 아직도 남아 있는 곳이 인도와 스리랑카, 태국입니다.

환갑의식을 치른 사람은 은퇴의 유형이 두 가지입니다. 몸이 허약한 사람은 집의 정원에서 가장 변두리, 한적한 곳에 초막을 치고 살기 시작합니다. 몸이 건강한 사람은 성지순례라는 이름으로 먼 길을 떠납니다. 빛사람들은 집의 울타리 안이 땅이라면 울타리 밖이 하늘이라 생각했습니다. 집안에서 울타리의 사립

문을 열고 한 발만 내디디면 그곳이 하늘이라 생각했습니다. 그림으로 봅니다.

집의 울타리를 벗어나는 순간, 내딛는 밖의 땅들이 하늘이라는 생각 때문에 환갑을 치른 사람은 집 밖으로 나갔습니다. 환갑의식은 죽음의 의식이기에 죽었다는 것은 빛魂으로 돌아간 것이며, 빛魂이 돌아갈 곳은 하늘이기 때문입니다.

성지를 향해 떠납니다. 성지聖地란 다름 아니라 빛魂이 사는 곳입니다. 성지는 이 땅의 하늘입니다. 환갑을 치른 사람들은 그래서 이 땅의 하늘, 성지를 찾아 떠납니다. 고향을 찾는 긴 여행입니다. 성지를 찾아 가는 사람들의 잠자리와 먹을 것을 요청을 받으면 기꺼이 해결해 줍니다. 누구든지 환갑은 올 것이며, 환갑의식을 치르고 나면 자기도 떠나야 할 필연의 길인 줄 알기 때문입니다. 성지를 찾아 떠난 사람은 다시는 집에 돌아가지 않습니다. 집은 땅이며, 자신은 하늘에 있으므로 가족이 그립고 보고 싶어도 그것은 마음으로 삭일 뿐, 갈 수 없는 곳입니다.

환갑의식은 물리적 · 화학적 의미가 있다고 했습니다. 물리적으로는 살아 있지만 화학적으로 죽었다는 뜻입니다. 성지순례, 하늘에 깃들어 노니듯 성지순례를 하는 것은 환갑의 화학적 의미를 잘 아는 사람의 행위입니다. 무지無知해지면 환갑의식을 물리적 현상으로 해석합니다. 살아 있는 사람을 환갑의식을 치른 다음 날, 깊은 산속에 내다 버리는 일입니다. 화학적 죽음을 물리적 죽음으로 잘못 알고 저지르는 무지의 소산입니다. 그것이 「고려장」과 같은 것입니다. 그런데 요즈음 고려장보다 더 무지한 일이 벌어지고 있습니다.

환갑의식이 나이로 정하는 생리적 의식이라면 한 직종에서 평생을 종사하다가 정년퇴임을 하는 것은 문화적 환갑의식입니다. 평생 법조계에 몸담았던 사람이 퇴임한 후 정치를 한다거나, 교수나 군인이 퇴임한 후 행정관료나 공공기관의 장으로 일한다는 것은 퇴임식과 환갑의식의 물리적 · 화학적 현상을 모르는 무지한 사람보다 더 바보입니다. 퇴임한 사람은 살았지만 죽었습니다. 빛魂으로 환원된 것입니다. 빛魂은 모습 없이, 소리 없이 파동으로 존재합니다.

나라가 건강할 때의 관료들은 퇴임을 하면 귀향을 하는 것이 상식이었습니다. 조선시대까지도 나라가 건강할 때의 영의정, 우의정, 좌의정이나 판서를 지낸 사람들이 관직이 끝나면 귀향했습니다. 귀향의 귀歸는 환還처럼 돌아오거나 돌아갈 것이라는 뜻입니다. 고향으로 가면, 서울에서 보면 돌아간 것이며, 고향의 입장에서 보면 돌아온 것입니다. 퇴임을 하고 고향으로 돌아갔다는 것은 죽어서 하늘로 돌아갔다는 것과 같은 현상입니다.

환갑이나 퇴임을 한 것은 한 순환의 삶을 마감하고 새로 원순환의 삶을 시작한 첫발, 한 살이라는 뜻입니다. 평생 종사한 일을 퇴임하고 다른 분야의 우두머리로 간다는 것은 한 살짜리가 일을 하는 것과 같습니다. 일이 잘 될 턱이 없습니다. 특히 높은 직위의 사람들일수록 바보가 되지 않으려면 퇴임한 후에 빛쨀처럼 소리 없이, 모습 없이 곱게 지내야 합니다. 고향에서….

환갑 차례의 상에도 삼원빛과 하양빛의 들꽃이 놓여 있습니다. 아직까지 모든 의식에서 삼원빛의 의미가 출발입니다. 서낭당, 금줄, 백일의 삼원빛은 하늘에서 이 땅으로 오기를 염원하거나, 이 땅에 온 것을 의미하며, 첫돌, 성인식, 혼인식에서 삼원빛은 이 땅에 도착한 사람이 이 땅에서 사람으로 출발을 알리는 것이었습니다. 그런데 환갑에 쓰여진 삼원빛은 이 땅에서 저 하늘로 출발한다는 뜻입니다.

환갑 잔치를 치르는 마당은 하늘로 출발하는 열차의 전송역입니다. 빛마을의 빛사람들은 환갑을 축하며 삼원빛과 하양빛 꽃을 환갑을 맞은 사람에게 선물합니다. 하늘로 출발한 여행이

(삼원빛) 좋은 여행으로 완성(하양빛)되도록 축원하는 말없는 격려입니다. 환갑잔치는 무르익어 갑니다.

8. 장례식

환갑 잔치를 끝내고 화학적 죽음 속에서 산과 하늘을 벗 삼고, 재잘거리는 손자, 증손자들의 고운 소리를 듣고, 가끔 찾아와서 삶의 교훈을 바라는 젊은이들과 산책을 하며 살던 아기씨가 이번엔 정말 사실적인 죽음을 맞이하였습니다.

빛마을의 빛사람들은 장례식을 준비합니다. 먼저 잘 마른 향기 나는 들풀을 태웁니다. 살아 있는 사람과 죽은 사람의 냄새는 다릅니다. 살아 있는 사람들은 죽은 사람의 냄새에 익숙하지 않습니다. 향기 나는 들풀과 꽃잎을 태워 죽은 사람의 냄새를 지웁니다. 마른 들풀과 꽃잎은 장례의식의 시작부터 끝까지 태워 향기로운 냄새로 장례식장을 가득 채웁니다.

죽은 사람은 하늘나라로 휴가를 떠나는 것입니다. 하늘나라에서 빠름의 삶을 잠시 살다가 언젠가 다시 느림의 이 땅으로 되

태어납니다. 휴가 여행 준비를 시작합니다. 향기로운 꽃잎을 우려낸 향기롭고, 맑고, 정갈한 꽃물로 몸을 정성껏 닦습니다. 아주 정성껏 씻습니다.

정갈해진 몸에 하양빛 옷을 입힙니다. 하양빛은 도착이며 완성입니다. 죽은 사람은 이제 비로소 삶이 완성되었습니다. 살아 있는 사람은 늘 새로움이며 새로움은 변수입니다. 어떻게 변화할지 모릅니다. 변화란 좋은 것과 나쁜 것이 있습니다. 살아 있는 사람은 늘 변화합니다. 그러므로 살아 있는 사람은 미완성입니다. 죽었을 때, 완성입니다.

완성의 의미인 하양빛 옷은 가족들 가운데 여인들이 입습니다. 여인들이 입은 하양빛 옷은 슬픔을 상징하지 않습니다. 돌아가신 분의 삶이 완성되었다는 것을 온 세상에 알리는 의미입니다. 완성을 광고하는 움직이는 현수막입니다.

돌아가신 분에게 또 한 벌의 옷을 입힙니다. 「베」옷입니다. 하양빛 옷이 완성을 의미하여 입혔다면, 무엇으로 완성되었는지 이 세상에 알려야 합니다. 「빛魂」으로 완성되었습니다. 「베」라는 말은 「빛」과 같은 말이며, 「삼베」라는 말은 「삼≡빛」이니 「삼원빛」이란 말입니다. 완성되었다-무엇으로-「빛」으로-빛의 상징인 베옷은 가족 가운데 남자들이 입습니다.

유족들이 입는 하양빛과 삼베의 상복은 돌아가신 분의 삶이 완성되었고, 그 완성은 「빛」이라는 광고를 하는 당당하고 기쁨의 옷입니다. 상복은 슬픈 옷이 아닙니다.

방안에서 돌아가신 분의 휴가 여행에 필요한 몸단장을 하는 동안, 마당에서는 여행할 때 타고 갈 비행선을 만들고 있습니다. 관을 넣을 함은 하양빛으로 만들고 함을 덮을 차일도 하양빛으로 만듭니다. 그리고 관이 들어가는 하양빛 함을 삼원빛 들꽃으로 촘촘하게 장식합니다.

돌아가신 분은 하늘나라로 출발합니다. 삼원빛 꽃이 빛납니다. 하늘나라에 잘 도착해야 합니다. 하양빛 함과 차일이 빛납니다. 그러나 빛마을의 빛사람들은 이것만으로 미덥지 않습니다. 사람의 키만한 장대를 여러 개 만들어 그 장대에 삼원빛 꽃과 하양빛 꽃을 장식하였습니다.

이런 준비를 하느라 2~3일, 어떤 때는 4~5일 걸립니다. 이 준비 기간은 하늘나라로 돌아가는 분과 이 땅에 남아 있는 사람들과 이별하는 시간이기도 합니다. 이제 여행 준비는 끝났습니다. 하늘나라로 비행선이 출발합니다.

하양빛 차일과 삼원빛 꽃으로 단장한 꽃상여가 떠납니다. 꽃상여 뒤로 삼원빛 꽃과 하양빛 꽃이 장식된 꽃장대가 꽃숲을 이루며 따릅니다. 빛魂으로 하늘나라에서 살다가, 빛으로 이 땅에 와서, 빛으로 살다가 빛으로 떠나는 빛의 환송 행렬이 줄을 잇습니다.

장례 행렬이 장지에 도착합니다. 돌아가신 분을 고운 흙에 묻고 그 위에 묘목 한 그루를 심습니다. 묘목의 주위에 진달래 꽃나무를 심습니다. 묘목의 허리 둘레에 세 줄을 왼쪽으로 꼰 새끼줄을 두르고 삼원빛과 하양빛 꽃으로 장식을 합니다. 하늘로 출발했습니다. 잘 도착할 것입니다.

장례식을 끝낸 가족들은 하늘나라로 돌아가신 그분이 그리울 때면 그 나무를 찾아와 삼원빛 꽃과 하양빛 꽃으로 장식하며 마음을, 그리움을 삭입니다. 그리움이 다 삭여질 때쯤 묘목은 큰 나무로 자라서 봄이 되면 나무 아래의 진달래꽃이 곱게 피어 잘 어울려 보입니다. 돌아가신 그분의 손자, 손자의 손자들이 그 나무에 그네를 매고 놀기도 하고, 나무그늘에 앉아 그분의 전설을 얘기할 것입니다.

빛사람들이 시신을 묻고 그 위에 나무를 심은 까닭은 나무와 풀의 중요성을 알았기 때문입니다. 나무가 자라는 거름이 되어 나무의 성장과 건강을 촉진할 수 있으며, 선조의 몸이 깃든 나무라는 것을 알고 있는 후손들이 나무 보기를 선조 보듯 아낄 것입니다. 요즘 말로 하면 첨단이며, 기초적인 환경보호였던 것입니다. 그리고 돌아가신 분이 살아 있는 나무에 깃들어 있다는 것은 돌아가신 분을 살아 있는 것처럼 느끼게 합니다.

장례 형태는 환경이 만듭니다. 섬에서 사는 사람들은 수장水葬을 합니다. 섬은 땅이 한정돼 있습니다. 사람이 죽을 때마다 매장을 하면 살아 있는 사람이 살 땅이 없습니다. 그래서 수장을 합니다. 습도가 적정해 잘 부패하는 곳에선 매장을 합니다. 시간이 지나면 삭아서 없어지기 때문입니다. 습기가 없이 건조해서 매장을 할 수 없는 곳에선 화장火葬을 합니다. 썩지 않는 시신을 묻어 놓을 수는 없기 때문입니다. 습기도 없고 나무도 없는 초원이나 석산石山지역에선 풍장風葬이나 조장鳥葬을 합니다. 썩지 않아 매장도 못하고, 나무가 없어서 화장을 못할 때, 바람과 새를 이용해 시신을 장례지냅니다. 장례의 형태는 환경이 만든 것이지 특별한 의식이나 종교적 의미는 전혀 없습니다.

요즈음의 장례식은 서양식이 주류입니다. 조문객들은 까망빛갈의 옷을 입습니다. 서양에서는 돌아가신 분을 까망빛갈의 양복을 입힙니다. 까망빛갈은 물질입니다. 까망빛갈이 주류를 이루는 장례는 사람을 물질로 본 것입니다. 수명을 다한 물질을 이 땅에 폐기처분하는 것입니다. 사람은 흙으로 만들어졌으니 흙으로 돌려보낸다고 합니다.

사람은 빛입니다. 빛으로 빚어져, 빛으로 살다가, 빛으로 환원되어 하늘나라로 떠나는 빛의 환송의식이며 빛놀이입니다. 빛의 장례식은 끝이 났습니다. 삼원빛 꽃과 하양빛 꽃이 가득한 빛의 장례식은 끝났습니다. 장례를 치르는 사람은 울지 않습니다. 돌아가신 분은 새로운 삶을 시작한다는 것을 알기 때문입니다. 빛사람들의 빛놀이, 장례식은 성대하게 잘 치러졌습니다.

9. 제사

그리운 분이 하늘나라로 돌아가신 지 만 1년이 되었습니다. 가족들은 가신 분을 그리워하며 추모의 제사상을 마련합니다. 삼원빛과 하양빛 꽃을 장식합니다. 그리운 그분이 하루라도 빨리 온전한 모습으로(하양빛 꽃) 다시 출발하여(삼원빛 꽃) 이 땅에 도착(하양빛 꽃)하시기를 소원하는 차림입니다.

제사를 드릴 때는 향기 나는 마른 들풀과 들꽃을 태워서 연기를 피우지 않습니다. 장례식과 달리 제사 때는 시신이 없기 때문입니다. 제사는 가족이 모여 정갈하게 지내는 것이 보통이지만, 돌아가신 분이 그리운 빛마을 빛사람들도 참석합니다. 제사는 삼원빛 꽃과 하양빛 꽃 속에서 향기롭고 정갈하게 마칩니다.

요즈음 제사를 치르기 위하여 모인 가족들이 제사상을 차리는 법도法道 때문에 다툼이 종종 있습니다. 홍동紅東 백서白西. 빨강빛갈의 것은 왼쪽, 하양빛갈의 것은 오른쪽에 놓는다는 것입니다. 그리고 육동肉東 어서魚西. 육류는 동쪽에 놓고, 물고기 음식은 서쪽에 놓는다는 말입니다. 이 밖에도 많습니다. 그러나 그것은 나중에 제사의 의미가 퇴색하고 본질이 왜곡되어 그토록 복잡해진 것입니다. 그냥 삼원빛과 하양빛이면 충분합니다. 삼원빛=출발, 하양빛=도착. 이것이 제사의 의미이며, 하늘나라에 빛魂으로 있는 그리운 사람이 빨리 이 땅에 오시라는 초대의 자리가 제사의 본질입니다.

어차피 가족들이 모였으므로 음식은 먹어야 할 터이니 음식은 할 것이고, 여럿이 오랜만에 모이는 가족 모임이니 특별한 음식을 할 터이니, 생전에 그분이 좋아하던 음식이라면 제사상에 올리는 것이 어떻습니까? 그렇다고 제사상에 올리는 음식의 종류와 위치 때문에 좋은 날, 좋은 사람들이 다툰다면 곤란한 일입니다.

제사상이나 혼인식에 촛불을 지금도 켜 놓지만 별 의미가 없습니다. 제사와 혼인은 옛날에 밤에 치렀습니다. 밤에 어둠을 밝힐 것이 초밖에 없었으니 촛불을 켰던 것입니다. 지금 전깃불이 환하게 밝히고 있는데 관습에 얽매이거나 무슨 기막힌 의미를 부여하여 촛불이나 향을 지피는 것은 딱한 일입니다. 이런 사실을 다 알고 분위기를 위하여 촛불을 켜고 향을 사른다면 또 몰라도….

사람은 관습에 젖어 들면 헤어 나오기가 참 어렵습니다. 전통은 지켜져야 하지만 그 전통이 생긴 뿌리를 생각해 보아야 합니다. 전통이란 오랜 세월 반복되는 생활 속에서 가장 합리적인 것만 살아서 남은 것입니다. 예를 한 가지만 들어 보겠습니다.

밥상의 전통은 밥그릇은 왼쪽에 놓고 국그릇은 오른쪽에 놓

습니다. 옛날 그릇을 지금도 사용한다면 그것이 맞습니다. 밥그
릇은 높고 국그릇은 낮았습니다. 그림으로 봅니다.

　이런 구도라면 오른손잡이에겐 합리적입니다. 그렇지만 왼
손잡이에겐 불편합니다. 그런데 요즈음 식당에 가서 설렁탕을
시키면 납작한 밥그릇에 높은 뚝배기가 나옵니다. 그런데도 밥
을 왼쪽에 놓고 먹어야 된다고 생각합니다. 그림으로 봅니다.

이 상태에서 오른손잡이가 식사하려면 매우 불편합니다. 전통은 합리적인 것이 추려지고 쌓여서 만들어진 것이니 합리적 변화가 필요하면 변화해야 합니다. 밥그릇과 국그릇은 따질 것 없이 오른손잡이는 높은 그릇이 왼쪽, 왼손잡이는 높은 그릇이 오른쪽에 오도록 하는 것이 합리적인 것입니다. 밥그릇의 위치는 법도法道가 아니라 합리적 사고의 산물입니다. 섬세한 느낌이 좋은 합리적 사고를 만들어 줍니다.

전통은 변화하지만 진리眞理는 절대로 변화하지 않습니다. 전통은 합리적 사고가 원료지만 진리는 그 자체가 원료이기 때문입니다. 빛마을의 빛사람들이 인류 최초로 만들어낸 「빛魂 三·一」는 변할 수 없습니다. 이것이 변화하면 사람과 지구의 모든 생명체들이 행복할 수 없습니다.

「빛 三·一」의 1g도 안 되는 빛魂이 원료입니다. 빛魂은 삼원빛 셋과 하양빛 하나로 구성되어 있으니 「三·一」, 빛魂이 변화하여 육체로 태어나기까지의 과정이 빛알·빛살·빛몸의 변화를 거치니 「三·一」이며, 빛魂이 엄마의 자궁에 잉태하여 세포분열을 3배수로 하니 「三·一」이며, 육체로 태어나면 형태·소리·냄새의 3요소로 나타나니 「三·一」이며, 육체가 언행을 하면 숨씨·맵씨·말씨로 나타나니 「三·一」입니다. 「빛 三·一」는 생명체의 근본 구성과 근본 운동과 근본 변화의 원료입니다.

「빛體 三·一」를 잊었다는 것은 생명체의 근본을 잊었다는 것이며, 생명체의 근본을 잊었다는 것은 생명체의 소중함을 잃은 것입니다. 사람들의 모든 일은 생명체에게 이로운 것이어야 합니다. 아무리 위대한 이론, 연구, 사상, 발명이라도 생명체에게 이익이 안 된다면 그것은 학문도 아니며, 사상도 아니며, 발명도 아닙니다. 생명체의 파괴입니다. 사람의 일은 처음부터 마지막까지 생명체를 위한 것이어야 합니다.

빛사람들은 그것을 알았기에 「빛 三·一」를 만들었습니다. 「빛 三·一」를 기준으로 조직을 만들었고 「빛 三·一」를 처음으로 응용하여 생활의식 아홉 가지를 만들었습니다. 생활의식 아홉 가지는 사람은 물론 모든 생명체가 틀림없이 통과해야 하는 삶의 마디며, 터널이며, 관문입니다. 삶은 원圓순환입니다. 아홉 가지의 생활의식을 다시 종합하여 도표로 봅니다.

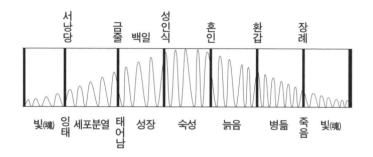

이것을 원圓순환의 그림으로 봅니다.

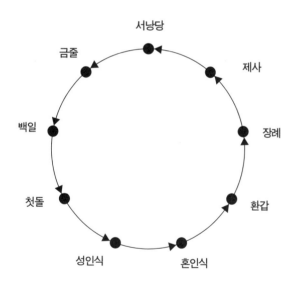

이 그림이 삶의 본질적인 궤도입니다. 이 궤도의 운행은 빨리 달릴수록 손해며 추월하면 더 손해입니다. 이 삶의 본질은 압축한 것이 「빛 三·一」입니다. 「빛 三·一」를 표현하는 것은 빨강빛, 초록빛, 파랑빛, 하양빛의 4송이 들꽃이면 충분합니다. 요즈음 관·혼·상·제의 의식이 너무 복잡하고 경비가 많이 듭니다. 그것은 「빛 三·一」 원료가 1g도 안 되는 「빛魂」이라는 것을 잊었기 때문입니다. 진리는 가볍고, 단순하고, 얇지만 무궁무진합니다. 두껍고, 무섭고, 복잡한 것은 진리가 아닙니다.

지금, 진리는 변질되어 형체를 알아 볼 수 없습니다. 진리가 얼마나 변했는지 제사상을 예로 들어봅니다. 진리의 시대엔 제사상에 삼원빛 꽃 세 송이와 하양빛 꽃 한 송이였습니다. 지금 제사상에는 많은 제수들이 올라가 있습니다. 옛 제사상과 요즘 제사상의 무게와 종류와 법도法道만큼, 진리는 변질된 것입니다. 생활 의식 외에 학문적 변질을 한 가지 예로 들면 「삼일신고三一神誥」는 「빛 三·一」의 변질입니다. 三·一에 신神이라는 글자가 붙으니 본래 「빛 三·一」의 모습을 알아 보기 어려울 정도로 무거워졌습니다. 진리에서 멀어졌습니다. 회복되어야 합니다. 사람들과 생명체들의 좋은 삶을 위하여.

바보한민족

등 록 1994.7.1 제1-1071
인 쇄 2009년 6월 30일
발 행 2009년 7월 10일

지은이 박해조
펴낸이 박길수
편집인 소경희
디자인 이주향
마케팅 김미애
펴낸곳 도서출판 모시는사람들
        110-775/서울시 종로구 경운동 수운회관 1207호
전 화 735-7173, 737-7173 / 팩스 730-7173

출 력 삼영그래픽스(02-2277-1694)
인 쇄 (주)상지피엔비(031-955-3636)
배 본 문화유통북스(031-937-6100)
홈페이지 http://www.donghakbook.com

값은 뒤표지에 있습니다.

ISBN 89-90699-71-8